Morgan et les hommes des cavernes

Corinne De Vailly

Morgan et les hommes des cavernes

Les Éditions
Goélette

Graphisme : Marjolaine Pageau et Julie Jodoin Rodriguez
Révision, correction : Amélie Cusson, Marilou Charpentier
Illustrations de la couverture : Julie Jodoin Rodriguez
Autres illustrations : Shutterstock

Dépôt légal : 3ᵉ trimestre 2011
Bibliothèque et Archives nationales du Québec
Bibliothèque nationale du Canada

Les Éditions Goélette bénéficient du soutien financier de la SODEC
pour son programme d'aide à l'édition et à la promotion.

Nous remercions le gouvernement du Québec de l'aide financière
accordée par l'entremise du Programme de crédit d'impôt
pour l'édition de livres, administré par la SODEC.

Nous remercions de son soutien le Conseil des Arts du Canada
pour son programme d'aide à l'édition de livres.

ASSOCIATION
NATIONALE
DES ÉDITEURS
DE LIVRES

Membre de l'Association nationale des éditeurs de livres.

Imprimé au Canada
ISBN : 978-2-89690-003-9

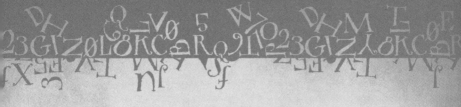

CHAPITRE 1

Faire des devoirs! Hum! Voilà une activité qui se transforme parfois en soupe à la grimace* pour Morgan et ses amis. Heureusement, à trois, c'est moins ennuyeux! Et, surtout, ils peuvent s'aider. Si jamais leur enthousiasme diminue un peu, ils ont toujours la possibilité de faire appel à leur amie, la grande magicienne Fée Des Bêtises.

Ce samedi matin, ils sont tous les trois installés dans leur cabane, autour d'une table **brinquebalante**, sur des chaises tout aussi instables et récupérées dans une poubelle par leur amie sans-abri.

Leur professeure de sciences, madame Lacie Hanse, leur a demandé de repérer trois erreurs dans un document portant sur l'époque des hommes de Cro-Magnon, qu'elle leur a remis en classe.

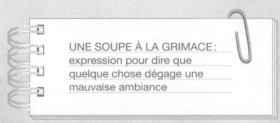

UNE SOUPE À LA GRIMACE : expression pour dire que quelque chose dégage une mauvaise ambiance

– Je te le dis, Morgan! insiste Jenny. Ça ne se peut pas qu'on voie des êtres humains en train de chasser des dinosaures. Ce n'est pas la même époque…

– Hum! T'es sûre? demande Joffrey en mâchouillant le bout de son crayon. Pourtant, dans *L'Ère de glace*…

– C'est un film, Joffrey! réplique Jenny. Tu vois cette photo, où le chasseur est vêtu de peaux de bêtes seulement, eh bien, c'est une autre erreur. Souvenez-vous de ce que nous a dit madame Lacie Hanse en classe : les hommes de Cro-Magnon connaissaient le filage, le tissage et l'art de fabriquer des vêtements bien plus élaborés.

– Ouais! soupire Morgan en examinant la photo.

– Quoi, tu ne me crois pas?! bougonne Jenny.

– En tout cas, les hommes des cavernes savaient faire du feu, eux! On gèle, ici! ronchonne Joffrey en se frictionnant les épaules.

– On devrait appeler Fée Des Bêtises parce que moi aussi, j'ai froid! soupire Morgan. Avec ses pouvoirs magiques, elle va réchauffer l'atmosphère…

– Eh, j'ai une idée…, l'interrompt brusquement Joffrey, en tournant les pages de son livre pour s'arrêter sur une image d'hommes de Cro-Magnon en train d'allumer un feu à l'aide de deux pierres frappées l'une contre l'autre.

— Non, non et non! fait Jenny, qui a deviné l'idée qui est en train de faire son chemin dans l'esprit toujours très inventif de son ami. C'est trop dangereux! On ne fait pas de feu dans la cabane.

— Hé, mais attendez! intervient Morgan. Si nous allions faire un tour chez les hommes des cavernes. Comme ça, on saurait exactement comment ils vivaient. Et notre devoir serait parfait.

— Croyez-vous vraiment que Fée Des Bêtises va nous emmener dans la « vraie » préhistoire?! lance Jenny, avec une moue sceptique. Les époques qu'elle nous fait visiter sont toujours remplies de choses impossibles. Imaginez, si elle se trompe de quelques millions d'années et qu'en chemin, on croise un tyrannosaure ou un vélociraptor.

— Mais non, au contraire, Morgan a une super idée. Puis, avant de partir, on n'a qu'à bien préciser l'époque, pour qu'elle ne fasse pas d'erreur, insiste Joffrey.

— Allez, Jenny! On a la chance de connaître Fée Des Bêtises; on peut visiter toutes sortes d'univers fabuleux. Tu sais, il y a beaucoup de jeunes qui aimeraient faire comme nous, tu ne crois pas? souligne Morgan.

– Puis, on ne dit pas «les hommes des cavernes»..., marmonne Jenny. C'est la troisième erreur. Ils ne vivaient pas dans des grottes, mais dans des huttes, en plus...

La fillette s'interrompt; elle est moins assurée. Elle est sur le point de se laisser convaincre parce qu'elle aussi aime beaucoup vivre de grandes aventures.

– Bon, d'accord! soupire-t-elle en déposant son crayon. Appelons notre amie.

Les trois amis se tiennent par la main, puis se concentrent très fort, en silence. Pour appeler Fée Des Bêtises, il faut vider son esprit, fixer ses pensées sur elle et l'appeler trois fois par son nom, et elle arrive sans tarder.

– Me voici!

La sans-abri apparaît avec le petit Rasta, le rat que lui a offert Morgan[1], confortablement installé sur son épaule.

– Où va-t-on? demande-t-elle, visiblement fort heureuse de jouer de nouveau avec ses jeunes compagnons.

---

1. *Morgan, le chevalier sans peur*, Éditions goélette, 2010.

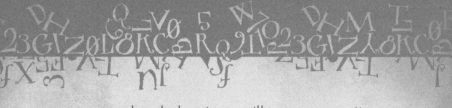

– Un bond de vingt mille ans en arrière, ça t'intéresse ? lance Morgan en faisant un clin d'œil à Joffrey et à Jenny.

– Oh ! Vingt mille ans. La préhistoire… Ce n'est pas une époque où la vie est facile…

– Ah, je le savais ! souffle Jenny.

– On aimerait vivre comme à l'époque des hommes des cav… des hommes préhistoriques, se reprend Joffrey en croisant le regard de Jenny. C'est possible ?

– Oui, tout est possible ! lance la magicienne.

– Pour cette aventure hors du commun, je crois qu'il vaut mieux que chacun de nous prenne son carnet de mots magiques. Ce sera plus prudent, déclare Morgan.

– Tu as raison, confirme la sans-abri. Surtout, ne le mettez pas dans vos poches, car les vêtements que vous porterez au **paléolithique** n'en posséderont pas.

– On pourrait le mettre dans une pochette et l'attacher autour de notre cou, suggère Jenny.

La fillette ouvre leur coffre aux trésors, en extirpe trois pochettes de tissu fermées par un cordon de cuir. Elle en suspend aussitôt un autour de son cou, dans lequel elle glisse son précieux carnet. Les deux garçons l'imitent. En cachette, Joffrey y glisse en plus quelques friandises à grignoter, pour calmer ses petites fringales. En effet, tout le monde le sait, les expéditions, ça creuse l'appétit.

– Maintenant, mon petit Rasta, tu nous attends bien sagement ! déclare la magicienne en glissant son rongeur dans sa cage habituelle. Nous revenons très bientôt. Je te confie la cabane.

– Où va-t-on pour franchir les portes du temps ? la questionne Morgan. La bibliothèque est fermée aujourd'hui, et notre coffre n'est pas conçu pour le passage de quatre personnes d'un coup.

– Hum ! Tu as raison. Mais, pour cette aventure, notre cabane fera très bien l'affaire ! Ne vous inquiétez pas. Prêts ? Donnez-moi le pluriel amusant de « départ ».

– Une FÉE... DES SIENNES*, s'écrient en chœur les trois aventuriers.

FÉE DES SIENNES :
de l'expression « faire des siennes », faire des folies, jouer des tours

Aussitôt, l'air autour d'eux se met à vibrer, leur vue se brouille et les objets de leur refuge commencent à devenir flous, puis disparaissent un à un.

Les voyageurs sont aspirés dans les couloirs du temps. Ils voient défiler à toute vitesse des postes radio des années 1960, des **vélocipèdes** à trois roues des années 1880, bientôt suivis de l'image d'une cathédrale en construction aux environs de l'an 1100, puis de personnages romains et d'autres gaulois. Le temps continue de filer de plus en plus rapidement. Les quatre amis perdent le fil des années qui s'écoulent.

Lorsqu'enfin les images cessent de défiler et qu'ils peuvent fixer leur regard droit devant eux sans ressentir le tournis, ils comprennent qu'ils sont arrivés.

– Oh! As-tu vu ton allure? ricane Joffrey en pointant Jenny.

La fillette est affublée d'une longue tunique en lin, couverte de milliers de perles en ivoire de mammouth. Par-dessus, une sorte de manteau en peau de loup descend jusqu'à ses chevilles. Sur sa tête est vissé un bonnet de fourrure bordé de dents de renard. À ses bras cliquettent des bracelets de perles. Fée Des Bêtises porte un accoutrement à peu près semblable.

Jenny porte sa main à son cou. Ouf, le carnet magique est toujours là.

– Et toi, si tu te voyais ! s'amuse-t-elle.

Les deux garçons sont torse nu sous une sorte de veste à manches épaisses taillée dans la peau d'un lion des cavernes. Un long **pagne** de lin et de peau de cerf leur couvre le bas du corps. Autour du cou, en plus de la pochette contenant le calepin, ils portent eux aussi plusieurs colliers de longues dents, probablement de **smilodon**. Leurs pieds sont nus, mais leurs chevilles sont décorées d'une bande de fourrure noire, celle d'un ours.

Les enfants s'examinent les uns les autres pendant quelques secondes, puis tournent sur eux-mêmes pour découvrir leur environnement. La cabane est toujours là, mais elle ressemble désormais à une grande tente confectionnée avec des peaux d'animaux tannées.

Morgan s'approche et pousse la tenture qui pend devant l'entrée. Il est éberlué de découvrir que la charpente de l'abri est constituée de la cage thoracique d'un énorme mammouth. La tente est maintenue fermement au sol, sur tout son pourtour, par de lourdes pierres.

Pour l'instant, tout est calme aux alentours. Leur abri est installé dans une zone assez aride, au pied d'une colline pierreuse. Mais la température est plutôt fraîche, et les enfants frissonnent.

– Faisons un feu! Ça éloignera aussi les bêtes, propose Fée Des Bêtises. Mais, auparavant, je vais inspecter les alentours pour que nous évitions les mauvaises surprises.

Joffrey et Morgan se regardent et éclatent de rire. Enfin, le voilà, le fameux feu dont ils rêvaient plus tôt.

Aussitôt, Jenny et Joffrey ramassent des pierres pour construire un foyer. Pour sa part, Morgan s'éloigne de quelques pas pour explorer son environnement. Il constate rapidement que le bois est rare aux alentours. Il ne ramasse que deux petites branches desséchées, pas de quoi faire le feu du siècle. Heureusement, avec les pouvoirs de Fée Des Bêtises, ils n'ont pas à s'inquiéter.

À son retour, il est tout étonné de découvrir Joffrey à quatre pattes en train de faire tourner une baguette dans un morceau de bois entaillé, le tout disposé sur une pierre recouverte d'herbes sèches.

– Qu'est-ce que tu fais?

– Tu le vois! J'essaie d'allumer un feu…

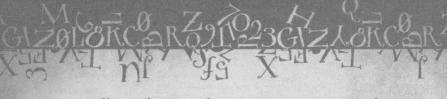

– Pff! Fais donc appel à Fée Des Bêtises, ça sera plus efficace!

– Si on est venus ici, c'est pour vivre comme les hommes de Cro-Magnon…, se rebelle Joffrey, alors faisons comme eux!

Justement, Fée Des Bêtises revient de son inspection et semble satisfaite. Morgan retire son calepin de son cou, l'ouvre et lance d'une voix tonitruante.

– Le masculin d'UNE SORTE, c'est UN SORT*.

Une à une, les lettres viennent danser devant ses yeux. Son amie magicienne lui demande ce qui se passe.

– J'ai pensé que tu aurais besoin de tous tes pouvoirs pour nous faire une belle flambée.

Fée Des Bêtises étend ses mains au-dessus du foyer. Aussitôt, des herbes sèches et quelques os de mammouth secs apparaissent, puis s'enflamment.

> UNE SORTE, UN SORT:
> jeu du masculin amusant; il faut
> prendre un mot féminin, enlever
> le « E » final pour former un
> autre mot, masculin cette fois

Un sourire illumine le visage de Morgan. Tout est tellement facile quand leur amie Fée est avec eux.

– J'ai un petit creux ! fait Joffrey en glissant sa main dans son sac pour en sortir une barre de céréales.

Mais, il a à peine le temps de terminer sa phrase qu'un bruit terrible retentit. Ça ressemble à un **brame** puissant.

– Qu'est-ce…, bredouille Morgan en levant la tête.

Une énorme bête vient de sortir d'on ne sait où. Elle a des **andouillers** d'une taille gigantesque sur la tête et les regarde de ses grands yeux sombres. Les quatre amis se sentent bien petits à côté de ce cervidé d'une taille remarquable.

– Un orignal ! murmure Jenny.

– À l'âge de pierre, c'est plutôt un **mégacéros**, précise Fée Des Bêtises.

L'animal tourne la tête vers eux un instant, mais ne semble pas les voir, puis s'éloigne, raide et nonchalant. C'est alors que des bruits de pas et de voix résonnent dans les rochers tout autour d'eux.

– Oh! Il y a des êtres humains dans les parages, s'exclame Morgan.

– Des hommes des cavernes, tu crois? s'emballe Joffrey.

– On ne dit pas « hommes des cavernes »…, le corrige encore une fois Jenny.

Joffrey n'écoute pas. Il s'est déjà élancé vers l'endroit d'où proviennent les bruits, sans que ses amis aient eu le temps de le retenir.

CHAPITRE 2

Un amoncèlement de rochers cache Joffrey à la vue de ses amis. Par contre, les sons qui leur parviennent de l'autre côté de la colline ne leur inspirent rien de bon. Des voix graves émettent des grognements, auxquels répondent des exclamations de protestation de Joffrey.

Quelques secondes plus tard, une dizaine d'hommes préhistoriques barbus et échevelés surgissent. Oh qu'ils n'ont pas l'air commode ! Ils brandissent des lances à pointe de silex.

Mais, le plus étonnant, c'est ce qui s'agite entre eux. Deux hommes portent sur leurs puissantes épaules deux longues perches sur lesquelles Joffrey est ligoté comme un saucisson, par les poignets et les chevilles.

Il s'agite comme un poisson hors de l'eau et crie à tue-tête.

– Laissez-moi tranquille ! Bande d'hommes des cavernes, mal élevés ! Ce n'est pas ainsi que l'on accueille quelqu'un qui vous rend visite. **Malappris**. Malotrus. Vous avez besoin de leçons de savoir-vivre. Reposez-moi par terre, tout de suite !

– Au secours, aidez-moi ! se fâche le garçon en se tortillant entre ses liens.

Les hommes qui le portent ne bronchent pas. Ils ne paraissent pas du tout incommodés par ses hurlements. Au contraire, ils semblent même bien s'amuser de la situation. Derrière eux viennent d'autres chasseurs transportant des **lagopèdes**, des lapins et quelques poissons enfilés sur une perche.

Soudain, les **Homo sapiens** se figent. Ils agitent leurs **sagaies** devant eux. Leur visage reflète la stupéfaction. Rien ne les a préparés à tomber sur tout un groupe d'individus aussi bizarres que celui qu'ils viennent de capturer. Devant eux se dressent Fée Des Bêtises, Morgan et Jenny.

Les **hominidés** échangent aussitôt quelques syllabes. Ils ont l'air plutôt excité. Morgan trouve que ça n'augure rien de bon, mais il n'ose pas faire un geste. Il ne faudrait pas que ces êtres les prennent pour des ennemis.

Les deux hommes qui portent Joffrey déposent les perches sur le sol. À leur tour, ils brandissent leurs lances. Morgan se dit que finalement les chasseurs semblent plus surpris que menaçants. Joffrey cesse enfin de hurler. Il est sûr que Fée Des

Bêtises va intervenir pour effrayer ces individus et les forcer à fuir.

— Ha! ha! ha! Espèce d'hommes des cavernes, vous allez voir ce que vous allez voir. Mon amie est une puissante **chaman**! lance le prisonnier sur un ton ironique.

— Qu'est-ce qu'on fait? demande Jenny à voix basse.

— Ils nous font signe de passer devant, répond Morgan. À mon avis, on devrait voir où ils veulent nous emmener. Nous sommes venus jusqu'ici pour les rencontrer, alors profitons-en!

— Hé! Ça ne va pas! crie de nouveau Joffrey, offensé qu'on ne le libère pas tout de suite.

— Fée, qu'en penses-tu? reprend la fillette en pivotant lentement vers la magicienne.

— Je suis d'accord avec Morgan. Attendons la suite. Si les choses s'aggravent, nous retournerons très vite chez nous. Ne perdez pas vos carnets de mots magiques. Je ne peux pas agir sans votre aide.

— Et moi, alors? proteste Joffrey en tirant sur les liens qui lui maintiennent les quatre fers en l'air entre les deux perches.

— Tiens-toi tranquille! lui lance Morgan. Dis-toi que tu n'as pas à marcher pieds nus sur des petits cailloux et des herbes coupantes, toi ! Profites-en, tu as le transport assuré tout à fait gratuitement.

– Ce n'est pas drôle ! bougonne Joffrey.

Par des signes de tête et des mots incompréhensibles, les Cro-Magnon indiquent aux voyageurs de se mettre en marche. De nouveau, les perches sont hissées sur les épaules des porteurs, malgré les protestations du prisonnier, qui se retrouve une fois de plus dans les airs. Puis, le petit groupe se met en route.

Après une dizaine de minutes, ils atteignent enfin le bord d'une rivière où est installé un camp nomade d'une dizaine de tentes en peau. Plusieurs enfants courent vers les chasseurs. Ils semblent tout heureux de découvrir les bonnes prises. Mais ce sont surtout les quatre voyageurs qui retiennent l'attention des membres du clan. Une femme s'approche de Joffrey et se met à le tâter.

– Hé, je ne suis pas un morceau de viande prêt à être mangé ! crie le garçon.

Puis, il regarde la femme et lui tire la langue. Son geste la fait bondir en arrière, surprise.

– Apparemment, ce sont tes lunettes et ton appareil dentaire qui lui font de l'effet, s'amuse Morgan.

– Ah oui, bien, tu vas voir que je vais l'impressionner ! s'exclame Joffrey.

Il se met aussitôt à faire d'horribles grimaces, mais ses tentatives pour impressionner ses ravisseurs échouent lamentablement. Personne ne lui prête attention. Les hommes dénouent enfin ses liens en émettant quelques **onomatopées**. Le garçon se hâte de se remettre sur ses deux jambes et de rejoindre ses amis, en massant ses poignets endoloris.

– Peut-être que maintenant, ils te prennent pour une divinité ! rigole Morgan. Imagine, un enfant avec des dents de fer et des verres qui grossissent les yeux, ça peut être impressionnant…

Boudeur, Joffrey hausse les épaules. Les tentatives d'humour de son ami le laissent indifférent.

Quelques instants plus tard, un homme hirsute, de haute taille, sort d'une des tentes. Sur son torse brinquebalent une dizaine de colliers juxtaposés garnis de dents de smilodon.

– Tu parles d'un épouvantail ! rouspète Joffrey. Pff, comment dit-on, déjà ? Ah oui, « bling-bling » ! Tiens, c'est comme ça que je vais l'appeler, celui-là. Ça lui va bien, monsieur « bling-bling ».

Les mèches de cheveux de l'homme sont parsemées de perles d'ivoire. À la main, il tient une sorte de **grigri**, dont le manche d'os est habilement travaillé en forme d'**ibex**.

– C'est le chaman ! murmure Jenny, impressionnée.

L'individu s'approche du groupe et s'adresse à Fée Des Bêtises. Il doit être plus habitué à communiquer avec des adultes qu'avec des enfants.

– Qu'est-ce qu'il dit ? demande Morgan à son amie lorsque l'homme se tait.

– Il nous souhaite la bienvenue dans le campement. Mais je n'en suis pas sûre. Il faudrait que j'aie recours à mes pouvoirs magiques pour interpréter sa langue, mais ils commencent à diminuer et je ne veux pas les gaspiller.

– Jenny, tu devrais lui donner une expression amusante ! s'exclame Joffrey. Moi, je ne peux pas ; mon carnet pend au cou d'un de ces… de ces… préhistoriques.

La fillette tente de consulter son calepin en douce, mais l'œil aiguisé du chaman devine son geste. Aussitôt, il tend la main, agrippe la cordelette et tire fermement vers lui.

– Ouille ! proteste Jenny.

Devant l'insistance du chaman, elle n'a d'autre choix que de lui tendre la pochette et son précieux contenu. Morgan se hâte de dissimuler la sienne du mieux possible sous un pan de sa veste de peau.

S'il fallait que tous les carnets soient confisqués, ils seraient dans de beaux draps.

L'homme examine un instant le carnet, puis se tourne vers le feu qui crépite au milieu du camp et, avec un grand geste, le jette dans les flammes. Le papier s'embrase rapidement.

– Hé, mais ça ne va pas ?! Espèce de sauvage ! s'emporte Joffrey.

Il fait un geste pour se précipiter vers le feu, mais déjà les pages sont toutes consumées.

– Ça ne fait rien ! intervient la magicienne en voyant la fillette au bord des larmes. Morgan a encore le sien, et celui de Joffrey n'est pas détruit. En cas de besoin, nous essayerons de le récupérer.

D'un geste, le chaman invite ensuite les voyageurs à le suivre sous sa tente. À la file indienne, ils entrent tous les quatre dans l'abri constitué d'un squelette de mammouth renversé et recouvert de peaux tannées. Au centre brûle un feu au-dessus duquel une femme fait cuire deux lapins. Les aventuriers jettent un rapide coup d'œil à cet intérieur préhistorique. Ils sont bien étonnés de découvrir un adolescent assis en tailleur, en train de fabriquer des petites statuettes d'os et d'ivoire de mammouth. Plusieurs lits d'herbes sèches recouvertes de peaux d'ours sont disposés dans la pièce. Apparemment, le chaman vit ici avec quelques membres de sa famille.

– Mor… gan! articule le garçon en plaquant sa main sur son torse. Et toi? ajoute-t-il en pointant la poitrine du chaman.

L'homme émet quelques grognements.

– Monsieur « bling-bling »! se moque Joffrey.

Morgan recommence et désigne cette fois ses amis un à un.

– Jo… ffrey! Jen… ny! Fée! Avant de se toucher de nouveau le torse, Mor… gan! Puis, encore une fois, il pointe le chaman.

– Mpa! répond ce dernier, qui semble enfin avoir compris. Puis, se tournant vers la femme qui surveille la cuisson des lapins, il ajoute : Mma et, enfin, montre le tailleur d'os : Mga.

À cet instant, une fillette entre dans la tente, et le chaman déclare : Mfi.

– Ah, c'est comme chez nous, finalement! s'exclame Morgan. Pa, ma, p'tit gars et fifille.

Des pleurs ponctuent sa déclaration. Ils viennent d'un tas de peaux qui se met tout à coup à gigoter tout au fond de la tente. Mma se précipite vers la couchette et en sort un bébé.

Joffrey désigne l'enfant et lance, d'une voix où transperce un peu de moquerie :

– Et voici sans doute Mbé, le bébé ?

Les pleurs de l'enfant redoublent d'ardeur. La maman le prend dans ses bras pour le bercer et le calmer.

– Madame ! l'interpelle Joffrey. Savez-vous ce que les mères de l'âge de pierre devraient raconter à leurs enfants pour les endormir ?

La femme le dévisage, mais elle n'a sans doute pas compris le moindre mot de sa phrase.

– Une pré-histoire ! poursuit le garçon, très fier de sa trouvaille.

Jenny éclate de rire, Morgan lève les yeux au ciel, et Fée Des Bêtises agite la tête en lançant au jeune aventurier :

– C'est bien, Joffrey, tu ne perds pas ton sens de l'humour malgré les circonstances !

Mma se détourne du quatuor et porte l'enfant à son sein. Le bébé se met à téter goulûment.

Une odeur de brûlé vient brusquement alerter Jenny. La fillette se précipite sur les lapins, qui commencent à carboniser, et retire la grosse brochette du feu.

Mpa hoche la tête, sans doute pour la remercier. Puis, il prend les lapins à pleines mains, malgré la chaleur, en détache une grosse patte, qu'il tend à Jenny, avant de déchiqueter l'animal en plusieurs parts, qu'il distribue à ses invités. Même si cette offrande ne les intéresse guère, les enfants n'osent pas refuser et grignotent leur nourriture du bout des dents.

– Ça manque de sel et de fines herbes ! lance Joffrey. Le lapin à l'**estragon** de ma grand-mère est vraiment meilleur !

Jenny envoie un coup de coude dans les côtes du râleur.

– On ne parle pas la bouche pleine ! Et tu devrais remercier monsieur Mpa que ce ne soit pas toi qu'il ait enfilé sur la broche pour te faire danser au-dessus des flammes.

– Peut-être qu'ils veulent nous engraisser pour nous manger après, comme la sorcière dans *Hansel et Gretel* ! fait Morgan en ricanant.

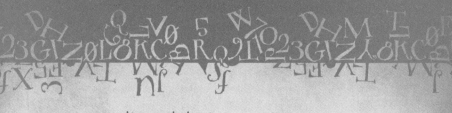

– Ne dis pas de bêtises ! soupire Jenny.

– Quoi ?! Tout est possible. D'ailleurs, si je me souviens bien, madame Lacie Hanse nous a dit que certains groupes de préhistoriques étaient **anthropophages**.

– Ne va pas leur donner des idées qu'ils n'ont pas encore eues ! ronchonne Joffrey en regardant un à un ses hôtes, comme pour deviner leurs intentions.

– Tiens, ça me rappelle une blague ! poursuit Morgan. Sais-tu quel est le sandwich préféré des cannibales ?

Joffrey hausse les épaules et fait une petite grimace. Apparemment, il n'a pas réfléchi à la question.

– Ah, moi, je sais ! s'exclame Jenny. C'est le croque-monsieur.

Après avoir avalé leur portion, les enfants cherchent des yeux quelque chose pour essuyer leurs mains tachées de gras et d'un peu de viande grillée, mais Mpa leur fournit rapidement la solution : il essuie ses paumes sur le devant de son manteau de fourrure. Les voyageurs l'imitent.

– Si maman me voyait ! ricane Joffrey.

Maintenant que tout le monde est rassasié, le chaman indique les couchettes à ses hôtes. Apparemment, c'est l'heure de faire une petite sieste d'après-midi.

– Je n'ai pas sommeil ! souffle Morgan en s'installant malgré tout sur le lit d'herbes sèches, car il n'ose pas désobéir au chaman.

Un peu de prudence est de rigueur. Il se dit que le sorcier peut leur lancer un sort que Fée Des Bêtises n'arrivera pas à contrecarrer. Il vaut mieux faire ce qu'on leur demande, analyser la situation et décider plus tard des actions à mener.

– Ça pique ! murmure Jenny. Pff, je n'arrive pas à trouver la meilleure position. Les brindilles piquent mes mollets et mes bras.

– Et ça pue ! ajoute Joffrey en plissant les narines et en reniflant bruyamment.

Il repousse vivement la peau d'ours que Mma vient de jeter sur lui, tandis que la famille d'hominidés quitte la tente.

– Je vous avais prévenus, réplique Fée Des Bêtises. La vie préhistorique n'est pas facile. Voulez-vous retourner à votre époque tout de suite ?

– Non ! lancent en chœur les trois amis.

CHAPITRE 3

Morgan ouvre un œil, puis l'autre. Pendant une seconde, il se demande où il se trouve. Puis, ça lui revient! Son regard se pose sur ses amis, sur Mma, Mfi et Mbé. Tous roupillent. Par contre, aucune trace de l'adolescent et de son père. Et… oh oh! Fée Des Bêtises aussi est absente.

Tout doucement, pour ne réveiller personne, Morgan se lève. Pendant quelques secondes, il examine soigneusement la hutte. Son amie sans-abri n'a laissé aucun message.

« Où est-elle donc? Pas trop loin, j'espère. On a besoin de ses pouvoirs pour nous aider et nous protéger. »

Il pousse doucement la tenture de peau de la tente et sort. Il fait un soleil splendide, même si la température demeure fraîche. Morgan tend l'oreille. Rien ne bouge. Tout le monde semble dormir d'un sommeil de plomb, dans le campement. Tranquillement, il fait le tour de la dizaine d'abris. Des ronflements et des grondements lui parviennent. Il se met à appeler son amie à voix basse.

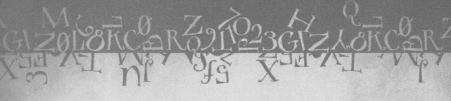

– « Ouh ouh » ! Fée ! Fée ! Tu es là ?

Un petit vent de panique passe entre ses omoplates. Il tâte son torse pour se rassurer. La pochette contenant son précieux carnet est toujours suspendue à son cou. Il prend son calepin, le feuillette, et trouve une phrase magique et amusante.

– On ne dit pas UN PAYS DANGEREUX*, mais le PARADIS.

Rien ne se passe.

« Hum ! C'est vraiment bizarre ! Normalement, dès qu'on l'appelle, elle arrive tout de suite. Que se passe-t-il donc ? Ses pouvoirs doivent avoir beaucoup diminué ; elle ne m'entend pas. »

Le garçon se faufile hors du camp et se dirige vers la rivière. Il y a des traces de pieds nus dans la boue, sur la rive. À intervalles réguliers, il continue d'appeler son amie à voix basse. Sans succès.

« Où est-elle donc passée ? »

UN PAYS DANGEREUX :
un pays d'anges heureux

L'inquiétude le tenaille. Tout est tranquille aux alentours. Trop, peut-être. Morgan se promène pendant quelques minutes entre les rochers. Puis, il juge préférable de retourner au camp nomade.

« Si Joffrey et Jenny se réveillent et ne me trouvent pas, ils vont vraiment paniquer. »

Il fait demi-tour. Il longe une haute colline rocheuse pour revenir sur ses pas. Tout à coup, un rugissement terrible lui glace le sang. À deux mètres devant lui, à l'entrée d'une grotte surgit la tête d'un félin d'une taille et d'un poids gigantesques, au pelage légèrement rayé et sans crinière. La bête ressemble à une énorme lionne.

Morgan est saisi de frayeur. Il en demeure paralysé sur place, incapable de fuir ou même de songer à chercher un refuge. La bête hume l'air, tentant sans doute de repérer la proie qu'elle a devinée de loin.

Morgan est sur le point de hurler, mais une main puissante empêche le cri de sortir de sa bouche. Une seconde paume vient se refermer sur son épaule. Il se sent soulevé du sol, comme s'il n'était qu'une plume. Sans ménagement, un hominidé le jette sur son épaule. Puis, l'être détale dans la direction opposée au campement. Morgan est si effrayé qu'il ne parvient plus à émettre un son, aucun appel au secours. L'homme saute par-dessus les rochers, puis court au milieu de la rivière, bondissant de pierre en pierre. Après quelques minutes, l'enfant réalise que l'homme préhistorique lui a certainement évité une mort certaine. Si le lion des cavernes l'avait repéré, il n'aurait fait qu'une bouchée de lui. Mais, le problème, c'est que l'homme l'emmène loin du campement de Mpa.

– Hé, posez-moi tout de suite ! Maintenant ! finit par crier le jeune aventurier.

Il donne de furieux coups de poing dans les côtes de celui qui le transporte comme un vulgaire sac de sable.

– Si c'est une blague, elle n'est pas drôle. Lâchez-moi !

Malgré les protestations et les coups, l'homme ne ralentit pas la cadence. Après une vingtaine de minutes, Morgan se rend compte qu'à part l'épuiser, ses soubresauts et ses hurlements ne servent à rien. Il finit par se calmer.

« À la première occasion, je dois fausser compagnie à ce gars-là ! »

Morgan n'a plus aucun doute : il a été enlevé par un chasseur d'une autre tribu d'hominidés.

Enfin, l'Homo sapiens s'arrête. D'un mouvement brusque, il jette son fardeau aux pieds d'un individu au visage sévère. Surpris, Morgan relève la tête. Il distingue d'abord une hutte de paille et de boue séchées et, derrière, tout un village qui lui paraît beaucoup mieux organisé que celui qu'il vient de quitter.

Lentement, ses yeux font le tour de son nouvel environnement. Des hommes et des femmes sont en train de trier des **graminées**. Tout le monde semble calme et sans agressivité. Bonne nouvelle !

Il remarque aussi que la base des habitations est creusée dans le sol, à environ un mètre de profondeur.

« Madame Hanse nous a dit que c'était pour éviter qu'elles soient détruites par le vent quand il y a des tempêtes. Ingénieux ! Dommage que je ne pourrai pas lui dire que j'ai vu cela de mes propres yeux. Elle ne me croirait jamais et pourrait même me donner une punition en m'accusant de mentir. »

Morgan remarque que le groupe d'hominidés est constitué d'au moins une centaine d'individus. Tous sont occupés à divers travaux domestiques. Certains façonnent de petits objets de terre cuite, pendant que d'autres s'activent autour de fours à poterie. Il y en a qui entretiennent des feux à ciel ouvert, d'autres qui tannent des peaux de rennes et de loups, ou fabriquent des armes avec des os de mammouth ou des bois de cervidés. Trois jeunes hommes tirent de petits chevaux avec des cordes pour les emmener à l'écart. Plusieurs femmes sont en train de traire des rennes regroupés dans un enclos. Certaines sont occupées à fabriquer des bijoux avec des perles d'ivoire et des coquillages. Même les enfants plus âgés ont une tâche à accomplir. Il n'y a que les plus petits qui jouent avec des morceaux d'os. Morgan retient son souffle. Lorsqu'il a demandé à Fée Des Bêtises de l'emmener dans la préhistoire, il n'espérait pas en découvrir autant. Il tente de fixer chaque scène dans sa mémoire.

Le chasseur qui l'a enlevé le pousse brusquement du coude. D'un signe de tête, il lui indique l'homme au visage sévère. À sa tenue, à ses parures de dents de smilodon et à son allure déterminée, le jeune aventurier comprend qu'il s'agit du chef du village, fort probablement un chaman.

L'hominidé le force à s'accroupir et dépose devant lui un tas d'os et quelques outils de pierre. Il émet ensuite quelques monosyllabes incompréhensibles et, par gestes, tente de lui faire comprendre ce qu'il attend de lui.

– Hum ! soupire Morgan. D'accord. Monsieur veut voir si je suis un bon artisan. Eh bien, je vais essayer de graver un bison dans ce fragment d'os de mégacéros.

Aussitôt, il se met à l'ouvrage. Les outils sont difficiles à manier. Quelques enfants viennent l'observer et se moquent de sa maladresse. Après quelques minutes, un adolescent le prend en pitié, s'empare des **poinçons** et des aiguilles d'os, et lui montre comment les utiliser.

Après quelques essais, Morgan acquiert de l'assurance. Sa gravure commence à prendre forme. Il échange aussi quelques syllabes avec son jeune professeur. Ce dernier finit par dire un mot ressemblant à « Gga », après que Morgan a beaucoup insisté pour lui faire comprendre son prénom.

– Bien. Après la tribu des « M », me voici tombé dans celle des « G », s'amuse Morgan. J'espère que je ne vais pas me faire kidnapper par toutes les consonnes de l'alphabet avant que Fée Des Bêtises n'intervienne.

Après une heure d'effort sur son os de cerf, le voyageur tient son œuvre à bout de bras pour l'admirer. Gga a observé chacun de ses gestes, rectifiant au besoin un trait, une façon de tenir le poinçon.

– Et voilà, mon vieux ! Tu permets que je t'appelle mon vieux parce que… bien, tu es quand même un homme préhistorique !? Au fait, cela me fait penser à une charade. Écoute bien, vieille branche. Mon premier est le contraire de « vrai ». Répète après moi : faux.

Gga articule maladroitement :

– Gfo !

– Mon deuxième me fait pleurer quand je l'ai dans l'œil, poursuit Morgan. C'est un cil.

– Gcétuncil !

– Mais non, pas gcétuncil ! Cil tout court !

– Gciltoucour !

– Misère ! CIL !

– Gcil !

– Bon, d'accord. C'est à peu près ça ! Poursuivons. Et mon tout est conservé dans la pierre, c'est un… ?

UN FOSSILE :
« faux » et « cil »

Gga dévisage Morgan avec un air ahuri.

– Un FOSSILE*, mon vieux !

Voyant que Gga ne réagit pas, Morgan soupire profondément.

– Bon, eh bien, je vais avoir du boulot, moi, pour vous apprendre à parler correctement et surtout pour activer vos neurones. C'est le grand désert dans la boîte à poux, ajoute-t-il en frappant légèrement sa tempe droite.

– Gboitapou ! reprend Gga en imitant Morgan.

Pendant deux heures encore, Morgan et Gga partagent leurs connaissances. Le premier apprend quelques mots au second, qui, de son côté, montre au voyageur à graver des os, à tanner des peaux, à courir pieds nus sans s'écorcher la plante, à sauter dans tous les sens. Gga lui enseigne même à se servir d'un **propulseur** pour atteindre avec une lance une **outre** en peau de renne accrochée à un arbuste, et à jeter adroitement une pierre pour chasser.

Morgan apprécie beaucoup son séjour dans la tribu des « G », mais il commence à s'ennuyer de ses amis.

« Je me demande bien ce que font Joffrey, Jenny et Fée Des Bêtises. Ils doivent être morts d'inquiétude. S'ils pouvaient me voir et savoir combien je m'amuse ici, ils ne s'en feraient plus. Mais, comment les prévenir ? Je dois utiliser une autre phrase magique pour appeler Fée. Peut-être que ça peut fonctionner à partir d'ici, si elle n'est pas trop loin. »

Discrètement, Morgan retire son calepin de son petit sac et l'ouvre rapidement à la page des mots-valises.

– Un CHÉRISSON*, c'est un amour qui a du piquant ! murmure-t-il.

Les lettres s'échappent du carnet et viennent  danser devant ses yeux. Mais, pouf, pouf, pouf ! Elles disparaissent une à une, comme des bulles de savon qui éclatent.

Il patiente quelques secondes, mais Fée ne se montre pas. Morgan grimace et sent une grosse boule d'angoisse qui se forme dans sa poitrine. Il

UN CHÉRISSON :
un mot-valise formé de « chéri »
et de « hérisson »

ici, ils ne s'en feraient plus. Mais, comment les prévenir? Je dois utiliser une autre phrase magique pour appeler Fée. Peut-être que ça peut fonctionner à partir d'ici, si elle n'est pas trop loin. »

Discrètement, Morgan retire son calepin de son petit sac et l'ouvre rapidement à la page des mots-valises.

– Un CHÉRISSON*, c'est un amour qui a du piquant! murmure-t-il.

Les lettres s'échappent du carnet et viennent danser devant ses yeux. Mais, pouf, pouf, pouf! Elles disparaissent une à une, comme des bulles de savon qui éclatent.

Il patiente quelques secondes, mais Fée ne se montre pas. Morgan grimace et sent une grosse boule d'angoisse qui se forme dans sa poitrine. Il ne parvient plus à maîtriser son inquiétude. Même les maladresses de Gga ne lui changent pas les idées.

« Misère de misère, que se passe-t-il donc? J'aimerais bien retourner à la cabane maintenant, Fée. On a assez joué! »

CHAPITRE 4

Pendant ce temps, dans le campement de Mpa, c'est la pagaille. Affolés, Joffrey et Jenny courent partout. Ils cherchent leur ami dans tous les coins.

– Morgan ! Morgaaaaannnn ! Réponds. Où es-tu ? Morgan !

Ils entrent dans les tentes, fouillent sous les peaux de bêtes. Ils n'hésitent pas à réveiller les hominidés qui ronflent. Les mamans furieuses crient contre eux et les chassent avec de grands signes d'impatience. Mais ils ne s'en occupent pas. Le sort de leur ami est bien plus important. Après avoir fouillé toutes les tentes, ils doivent se rendre à l'évidence : Morgan n'est nulle part. Et Fée non plus !

– Appelons-la encore ! décrète Jenny en agrippant avec fermeté la main de Joffrey.

Les deux enfants vident leur esprit et se concentrent en nommant trois fois la magicienne par son nom. Une seconde passe, puis deux, puis dix. Rien ne se produit. Ils échangent des regards inquiets, puis, se serrant les mains plus fort, ils recommencent. Toujours rien.

— Je ne comprends pas ! fait Joffrey. Une chose comme ça n'est jamais arrivée ! Elle accourt toujours quand on l'appelle. Même si nous ne sommes que deux, ça ne change rien à la formule.

— Il faut les chercher. Ils ne peuvent pas être allés bien loin…, répond Jenny en s'élançant hors du campement, son ami sur les talons.

Malgré leurs pieds nus et au risque de les écorcher sur des roches pointues, ils se précipitent vers les collines. Des petits animaux détalent devant eux. Heureusement, ils ne font pas de mauvaises rencontres. Aucun ours, lion des cavernes ou tigre à dents de sabre ne traîne dans les parages. Ils cherchent à droite, à gauche, dans les rochers. Rien. Aucune trace.

— Crois-tu que Fée aurait ramené Morgan dans notre cabane, à notre époque ? demande Jenny.

— Pourquoi aurait-elle fait ça ? s'étonne Joffrey.

— Eh bien, si Morgan est malade ou blessé, il vaut mieux le ramener chez lui, non ?

— Fée nous aurait prévenus et emmenés aussi ! Non. Je suis sûr qu'ils sont encore ici, dans les temps préhistoriques. Ils sont incapables de revenir au campement pour une raison ou une autre. Il vaut mieux qu'elle soit importante, leur raison, parce que, crois-moi, ils vont m'entendre, si ce n'est pas le cas! peste Joffrey, les poings sur les hanches et les narines frémissantes.

– Est-ce qu'une bête sauvage aurait pu…, murmure Jenny sans oser terminer sa phrase.

– Mais non, voyons! l'arrête aussitôt Joffrey. On aurait trouvé des traces. Ne sois pas inquiète, on va finir par obtenir une explication logique.

Le garçon essaie de se montrer rassurant, pourtant, au fond de son esprit des idées terribles s'agitent.

Leur énervement s'est propagé dans tout le clan de nomades. Mpa ordonne finalement aux chasseurs de se mettre à la recherche des disparus, car Jenny et Joffrey ne cessent de les déranger dans leurs activités quotidiennes. Le chaman comprend que sa tribu ne retrouvera la paix que lorsque Morgan et Fée Des Bêtises seront parmi eux.

Après des minutes interminables sans trouver aucun indice, Mga pousse enfin des petits cris pour attirer leur attention. Il y a des empreintes au bord de la rivière. Sans prendre le temps de réfléchir, les deux enfants veulent les suivre, mais Mpa leur fait comprendre que ce n'est pas prudent. Le chef de la troupe imite le cri de plusieurs animaux sauvages.

Les deux aventuriers finissent par saisir les mises en garde. Joffrey remarque aussi qu'il y a deux paires de traces dans la boue. Il en déduit que Morgan n'est pas seul.

– Fée Des Bêtises doit être avec lui ! fait Jenny, des sanglots dans la gorge, en se penchant à son tour sur les plus grandes empreintes.

– Je ne comprends pas pourquoi ils nous ont abandonnés, ajoute Joffrey en inspirant très fort pour retenir les larmes qui envahissent ses yeux.

– Il est peut-être arrivé quelque chose à Morgan, comme tu l'as supposé, et Fée est partie à son secours, sans avoir eu le temps de nous prévenir ! suggère Jenny.

À quatre pattes, Joffrey examine les traces d'un peu plus près. Il n'est pas convaincu. Mais, pour ne pas effrayer davantage Jenny, il garde ses pensées pour lui. Surtout qu'il a remarqué que les petites empreintes, celles qui doivent avoir été faites par Morgan, disparaissent brusquement devant une grotte. Il aimerait bien jeter un coup d'œil dans cette caverne, mais il a trop peur de tomber face à face avec une bête féroce.

« Il faut que je demande à Mga de me prêter une lance ou, mieux, que j'arrive à le convaincre de m'accompagner », songe-t-il, avant de répondre à Jenny.

– Tu as raison ! C'est sans doute ce qui s'est passé. Ils vont bientôt revenir. Viens, rentrons au campement.

– Ils sont peut-être revenus pendant qu'on les cherchait ! lance la fillette, remplie d'espoir.

Elle accélère le pas, malgré les petits cailloux qui se glissent entre ses orteils et lui font faire des grimaces de douleur.

De retour près des tentes, Joffrey et Jenny sont bien obligés de constater que leurs deux amis sont toujours absents.

Voyant leur air dépité et triste, Mga tente de les divertir. Il mime des scènes de chasse, mais les deux enfants ne sont pas du tout intéressés par ses prouesses. Tout à coup, l'adolescent semble avoir une idée, car il bondit devant eux, comme une chèvre des montagnes, en leur faisant signe de le suivre.

– Qu'est-ce qu'il a à s'agiter comme ça ? bougonne Joffrey.

– Il vient peut-être de penser à l'endroit où Morgan et Fée sont partis ? s'écrie Jenny.

– Pff ! Tu parles. Ça fait deux heures qu'on cherche, et lui vient juste d'allumer. Je me demande à quoi ça leur sert d'avoir un cerveau plus gros que le nôtre, si c'est pour ne rien avoir dedans !

Mga se dirige vers le feu qui brûle en permanence au centre du campement et en retire un **brandon** enflammé.

– Regarde, on dirait qu'il veut nous emmener quelque part. Suivons-le ! fait Jenny.

– J'espère simplement que Morgan n'est pas tombé dans un de leurs pièges. Tu sais que les hommes des cav… de Cro-Magnon fabriquent des pièges pour attraper les grosses proies ?

Cette fois, la fillette n'a pas réagi quand Joffrey a employé les mauvais mots pour désigner les Homo sapiens. Elle se dirige plutôt vers l'adolescent, qui gesticule avec sa torche. Joffrey, qui ne veut pas rester seul, les suit, en continuant de marmonner quelque chose à propos des pièges et des proies, mais son amie ne l'écoute pas. L'espoir de revoir très vite Morgan et Fée Des Bêtises lui donne des ailes. Elle court derrière Mga sans se préoccuper des pierres, des éclats de bois et des épines qui martyrisent ses pieds nus.

Quelques minutes plus tard, ils arrivent à l'entrée d'une grotte. L'intérieur y est si sombre qu'ils ne voient pas à deux pas devant eux. Mga s'accroupit et ramasse un objet de pierre. Cela ressemble à une grosse cuillère à soupe. À l'intérieur, ils aperçoivent du gras dans lequel est insérée une mèche de paille torsadée. Mga allume la paille avec sa torche. Aussitôt, la flamme de cette petite lampe préhistorique danse devant eux. L'adolescent éteint son brandon en le plongeant dans le tas de poussière à l'entrée de la caverne. Puis, accroupi, il s'avance vers l'intérieur de l'antre. Jenny et Joffrey l'imitent. Ils comprennent vite pourquoi Mga n'a pas gardé la torche. La grotte possède un plafond bas ; une flamme trop intense risquerait d'endommager les splendides peintures **rupestres** qui y sont dessinées.

Au fur et à mesure qu'ils s'enfoncent dans la cavité, les deux aventuriers reconnaissent les dessins d'un bison, de deux ours, d'un mammouth, de chevaux, d'un renne, de traces de mains… un ensemble d'esquisses réalisées par les Homo sapiens. Ils doivent ramper pour passer d'une salle à une autre, mais cela en vaut la peine, car le site est superbe. Dans chaque nouvelle cavité, leur stupeur est si grande que, pendant un instant, ils en oublient la mystérieuse disparition de Morgan et de Fée. En fait, ils l'oublient, jusqu'à ce que Jenny s'exclame :

— Si Morgan voyait ça !

— Je suis sûr qu'il nous sortirait une de ses fameuses blagues, fait Joffrey. Tiens, celle des deux squelettes, par exemple.

Jenny ne répond pas. Apparemment, elle ne la connaît pas. Il lui demande :

– Comment appelle-t-on deux squelettes qui discutent ?

Jenny secoue la tête, indécise.

– Des OS PARLEURS*.

Mga éclate de rire. Jenny et Joffrey le dévisagent. Aurait-il saisi la blague ?

– Ce n'est pas possible ! chuchote Jenny.

– Non ! Il a dû voir un dessin sur la paroi qui l'a fait rire.

Cependant, Joffrey, plus méfiant maintenant, regarde plusieurs fois Mga en cachette. Mais, de nouveau, l'adolescent se comporte comme un homme préhistorique, ponctuant ses éclats de rire d'onomatopées incompréhensibles.

DES OS PARLEURS :
des haut-parleurs

CHAPITRE 5

Les enfants continuent d'explorer la caverne. Après une dizaine de minutes de **reptation** épuisantes, ils parviennent finalement à un endroit où le plafond, plus haut, leur permet de se remettre debout.

– Ouf ! soupire Joffrey en s'étirant.

Il a une autre petite pensée pour Morgan. En cet instant, il s'ennuie des grognements que son ami aurait émis tout le long du chemin. Lui, qui n'est pas du tout sportif, n'aurait sans doute pas tellement aimé se traîner ainsi dans la poussière pour se faufiler dans des passages très étroits.

Cette fois, les deux aventuriers remarquent que les parois et la voûte de cette nouvelle grotte n'affichent ni dessin ni marque. Par gestes, Mga propose à ses invités de laisser une trace de leur passage. Jenny et Joffrey sont plutôt hésitants, mais, après quelques secondes de réflexion, l'idée leur semble amusante.

– On devrait faire un rébus, propose aussitôt Jenny.

– Imagine la tête de l'archéologue qui va découvrir ce site préhistorique à notre époque ou plus tard encore ; il ne va plus rien y comprendre ! rigole Joffrey.

Mga tend un morceau de charbon de bois à Jenny, et la fillette commence à dessiner. Elle trace d'abord une forme ressemblant à un bonbon enveloppé, coupé en deux, puis un grand soleil et une lune plus pâle…

– Euh, comment peut-on illustrer un « C » ? demande-t-elle en pivotant vers Joffrey, qui tente de décoder son dessin au fur et à mesure qu'elle le fait.

– Je ne sais pas. Écris-le !

Aussitôt, Jenny dessine la lettre. Puis, elle enchaîne avec un personnage qui semble sortir d'une bouteille…

– Et voilà, s'exclame-t-elle en reculant pour mieux admirer son œuvre.

Joffrey se met aussitôt à déchiffrer.

– Un demi-bonbon ?... Ah oui ! Bien sûr, tu veux dire simplement « Bon ». Un soleil et une lune pâle... Bien joué ! Cela indique le jour ! C... ça veut dire « C », ensuite, ça ressemble..., mais oui, à un génie qui sort d'une bouteille. J'ai trouvé ! Tu as écrit : « Bonjour, c'est Jenny » !

Il prend le morceau de charbon de bois des mains de son amie en lançant :

– À mon tour, maintenant !

Le garçon trace maladroitement un petit arbuste taillé et un bonhomme allumette qui saute par-dessus. Une flèche pointe vers l'arbuste. Mga les regarde dessiner avec un petit sourire en coin. Apparemment, il juge que ses deux amis ne sont pas très doués ! Puis, Joffrey ajoute la lettre « J », une goutte qui tombe dans une petite flaque et, enfin, en tirant la langue pour accompagner son effort, il dessine un baromètre avec quelques flocons de neige qui volent tout autour.

Jenny penche la tête, examine chaque dessin, fronce les sourcils, puis commence le décodage.

– Sauteur !

Joffrey fait non de la tête.

– Arbuste… Arbre… Haie, oui, c'est ça. C'est une haie. Ensuite, c'est facile: J'Eau… et Froid. Euh non… Frais ! Tu as écrit : « Et Joffrey » !

– Bravo, tu as trouvé !

Mga applique sa main grande ouverte sous les dessins des deux amis, puis trace le contour de ses cinq doigts et de sa paume : sa signature personnelle.

Une fois qu'il a terminé, Mga reprend le chemin de la sortie. Cette heure et demie passée dans la grotte a chassé pour un temps l'angoisse et la tristesse des deux amis. Mais, une fois hors de la caverne, ils se rendent bien compte que ni Morgan ni Fée ne sont de retour. Et le chagrin les envahit de nouveau.

Dans le campement, chacun a repris ses activités, comme si la disparition des deux visiteurs n'intéressait plus les chasseurs.

– Il faut demander à Mga de convaincre le grand **escogriffe** qui t'a volé ton carnet de te le rendre, lance Jenny.

Elle pointe le chasseur en question, qui s'affaire à tanner une peau d'ours.

– Le chaman a carbonisé le mien. Si, par malheur, Morgan a égaré le sien, on est condamnés à rester ici pour le reste de notre vie.

– Tu as raison. Et peut-être qu'en disant un pluriel rigolo ou une expression amusante, on va réussir à faire revenir Fée Des Bêtises. Depuis le temps qu'elle est partie, ses pouvoirs doivent avoir complètement disparu et…

– C'est ça ! Elle doit être sans pouvoirs magiques et est incapable de nous retrouver. Il faut essayer une fois encore. On ne doit pas baisser les bras. Jamais !

En faisant des signes et en mimant ce qu'elle veut, Jenny s'adresse à Mga. Elle espère qu'il agira, par amitié. Celui-ci finit par hocher la tête. Les deux aventuriers souhaitent qu'il ait bien compris ce qu'ils attendent de lui.

– Regarde ! Le chasseur a déposé la petite pochette et ses colliers sur une pierre pour travailler, indique Jenny. C'est une chance. Il faut en profiter.

Les trois jeunes se dirigent d'un pas nonchalant vers le chasseur. Ils ne veulent surtout pas trop fixer des yeux la pochette, qui, pourtant, les attire comme un aimant. Joffrey s'est même mis à fredonner un petit air à la mode, pour faire comme si de rien n'était.

– Il faut créer une diversion! suggère-t-il. Mga et moi allons essayer d'attirer l'attention du chasseur pendant que toi, tu subtiliseras le petit sac. Vite, allons-y!

Autour de lui, le chasseur a disposé plusieurs peaux qui attendent d'être raclées. Mga s'approche, s'empare d'une fourrure de loup gris et se met à tâter la marchandise, comme si elle l'intéressait. Il émet quelques grognements qui indiquent sa satisfaction, puis porte la main à son cou pour en détacher son collier de dents de smilodon gravées.

Joffrey comprend que son ami propose un échange au chasseur. Mga est le fils du chaman et possède les plus beaux bijoux de tous les membres du clan.

Le chasseur tourne et retourne l'ornement entre ses mains pour l'examiner. Une lueur de convoitise danse dans ses yeux, mais il semble hésiter. Malheureusement, le chasseur demeure trop près de la pierre où sont déposés ses trésors pour que Jenny puisse s'approcher sans se faire surprendre.

— Il est très intelligent, Mga, murmure Joffrey. Il propose un troc pour la peau de loup, et non pour le petit sac.

— C'est une excellente idée, tu as raison ! Jamais le chasseur ne se départira du sac, même pour tous les colliers de dents du monde. Mais, pour une peau de loup, il peut se laisser tenter.

Pendant que Mga et le chasseur procèdent au marchandage, Joffrey s'est remis à siffloter. Aussitôt, les deux Homo sapiens se figent pour le dévisager. Apparemment, siffler n'est pas une capacité qu'ils ont acquise. Le langage des aventuriers avait laissé perplexes les hommes préhistoriques, mais ce sifflement les laisse bouche bée.

Le chasseur se dirige vers Joffrey et le regarde avec intensité. Ce dernier cesse de siffler. D'un signe de tête, le chasseur lui demande de recommencer. Joffrey propulse un peu d'air entre ses lèvres, qui prennent la forme d'un « O ». À son tour, le chasseur étire les lèvres et tente de l'imiter. Sans résultat.

— Jenny, c'est la diversion ! s'écrie Joffrey. Pendant que je lui apprends à siffler, attrape mon sac et cours te cacher dans la grotte qu'on a vue, près de la rivière. Je te rejoins très vite.

Mga et le chasseur allongent les lèvres à qui mieux mieux, ne parvenant pas à reproduire les sons mélodieux que Joffrey émet. Le garçon a choisi de siffler l'air d'une chanson de son groupe préféré, sachant très bien que les deux hommes préhistoriques ne parviendront pas à l'imiter de sitôt, puisqu'ils ne connaissent pas la mélodie.

Tandis que les garçons sont occupés à siffloter, Jenny se rapproche lentement de la pierre, où le petit sac attend qu'elle s'en empare. Elle ne veut pas agir trop vite, car les Cro-Magnon sont agiles et vifs. Ils ont acquis de surprenantes capacités physiques pour traquer et capturer leurs proies chaque jour. Le chasseur pourrait surprendre son mouvement du coin de l'œil, si elle agit trop rapidement.

Arrivée au-dessus de la pierre, elle s'accroupit, puis pose lentement la main sur la pochette. Elle jette un coup d'œil à droite et à gauche, pour être sûre que personne ne la voie faire. Adroitement, elle glisse la cordelette autour de son cou et prend soin de faire glisser le sac sous sa tunique. Puis, elle s'éloigne, sans précipitation, en se faufilant derrière les tentes qui vont la dissimuler à la vue des nomades.

Aussitôt qu'il voit Jenny s'éloigner vers la rivière, Joffrey cesse de siffloter. Puis, il se tourne vers le chasseur, en faisant non de la tête. Il lui fait ainsi comprendre qu'il renonce à lui apprendre à siffler. L'hominidé est têtu et ne s'avoue pas vaincu. En bougonnant, il retourne à ses peaux et étire les lèvres en soufflant à qui mieux mieux, même si aucun son ne sort.

Joffrey fait un signe de tête pour indiquer à Mga qu'il est temps de décamper.

CHAPITRE 6

Pendant que les hommes préhistoriques sont concentrés sur leurs occupations, Mga et Joffrey se dépêchent de filer à la rivière. Cependant, Jenny ne semble nulle part. Le cœur de Joffrey fait trois tours. Non, pas une autre disparition. Il appelle son amie d'une voix tremblante.

– Jenny ! Jenny !

– Ici ! entend-il quelques secondes plus tard.

Il lève la tête. La fillette est perchée dans un arbre. Elle jette sans cesse des coups d'œil effrayés en direction de la grotte, qui se trouve à quelques pas de là.

– Qu'est-ce que tu fais grimpée là-dedans !? s'étonne Joffrey en s'approchant.

Un grognement terrible retentit à cet instant. Les trois jeunes sursautent et fixent avec anxiété l'endroit d'où provient le rugissement. La tête d'un lion des cavernes vient d'apparaître à l'entrée de la grotte. Le félin au pelage légèrement rayé et sans crinière hume l'air, cherchant à repérer sa proie.

– Il y a un animal féroce, juste là ! bégaie la gamine.

De son index recourbé, Mga fait signe à Jenny de venir, puis mime une course. La fillette comprend qu'il lui demande de descendre, puis de courir de toutes ses forces. Elle ne sait pas si elle en aura le courage.

— Vite, Jenny ! la presse Joffrey.

Au même moment, le rugissement retentit de nouveau, couvrant les paroles du garçon. La bête semble si proche qu'ils ont même l'impression de sentir le souffle de l'animal sur leur nuque. Leurs cheveux se hérissent dans leur cou, et tous leurs membres frissonnent et se couvrent de chair de poule.

Avec précaution, la fillette se laisse glisser en bas de l'arbre, et les trois jeunes détalent sans demander leur reste.

Ils entendent tout à coup des cris. Il y a quelqu'un qui est très fâché dans le coin.

— Hum ! Le chasseur vient de se rendre compte que nous avons récupéré mon carnet ! articule Joffrey entre deux profondes inspirations, mais sans ralentir sa course. Accélérons !

— Accélère, accélère ! Je veux bien, mais je ne peux pas aller plus vite que mes jambes ! halète Jenny, juste derrière lui.

Mga, lui, a déjà plusieurs mètres d'avance, car il est habitué à se déplacer pieds nus et à courir après les animaux sauvages, ou parfois devant lorsqu'il doit leur échapper.

Le trio ne tarde pas à entendre d'autres cris furieux et des pieds qui martèlent le sol. Le chasseur les poursuit et se rapproche.

– Il est très fâché de s'être fait jouer un tour ! lance la petite fille, à bout de souffle.

– Là, regarde ! s'exclame Joffrey. On arrive à l'entrée d'un bois. Ce sera plus difficile pour lui de suivre nos traces. Allez, un dernier effort, Jenny ! On y est presque.

Les jeunes se faufilent entre les arbres. C'est difficile de se déplacer entre les grosses racines et les lianes qui pendent devant leurs yeux et qui leur fouettent le visage.

– On dirait bien que personne avant nous n'a exploré cette forêt, remarque Joffrey.

Il ne se rend pas compte qu'une liane s'est entortillée autour de son pied. En voulant avancer d'un pas de plus, il effectue un superbe vol plané. Heureusement, il atterrit sur un tas de mousse. Il se relève en vitesse, en rougissant. Il n'est pas blessé, sauf dans son orgueil.

Tandis qu'il se remet sur ses pieds, le garçon s'aperçoit que le bruit de ses pas est absorbé par le tapis d'**humus**, de feuilles et d'aiguilles de pin, mais, malheureusement, celui de leur poursuivant aussi. Impossible maintenant de dire si l'hominidé les suit, se rapproche ou si, au contraire, il a renoncé à la poursuite.

– Je crois qu'il a abandonné! murmure Joffrey.

– Maman m'a souvent répété: «DANS LE DOUTE, ON S'ABSTIENT*», lui lance Jenny. J'aimerais bien faire une pause maintenant.

– Ta maman a généralement raison. Mais, dans le cas présent, dans le doute, moi, je préfère continuer à filer.

D'ailleurs, Mga paraît du même avis. Il s'est arrêté pour les attendre quelques minutes, mais fait de grands gestes pour les inviter à continuer leur route. Joffrey attrape Jenny par la main et reprend sa course vers le cœur de la forêt.

DANS LE DOUTE, ON S'ABSTIENT: proverbe hindou, «Dans le doute, abstiens-toi!»; quand on doute de quelque chose, il vaut mieux ne pas agir

Après une dizaine de minutes, épuisés, ils se laissent finalement tomber dans la mousse, au pied d'un arbre. Non loin de là, la rivière continue de chanter. Mga inspecte les alentours ; tout est calme.

– Il ne faut pas perdre la rivière de vue ! déclare Jenny. Si, pour une raison ou une autre, on doit revenir sur nos pas, ce sera facile de la longer de nouveau, en sens inverse.

– Faisons confiance à Mga ; c'est son époque, son environnement. Il connaît cet endroit comme sa poche… Euh, oui, bon, il n'a pas de poche, mais tu me comprends ! reprend Joffrey alors que son amie lui adresse un petit sourire ironique.

Soudain, le regard de la fillette est attiré par un amas de feuilles qui ne lui semble pas du tout naturel.

– On dirait bien que quelqu'un a cherché à dissimuler quelque chose par ici.

Avec prudence, elle s'approche. Rien ne remue sous les feuilles. De la main, elle entreprend de dégager ce qui est dissimulé dessous. Elle reste sans voix en découvrant une sorte de radeau constitué de bois et de peaux d'animaux. Deux longues branches débarrassées de leurs feuilles reposent sur la structure.

– À mon avis, ces bâtons doivent servir à faire avancer l'embarcation. Aide-moi, Joffrey.

Le garçon s'empresse d'aider Jenny à pousser le radeau à l'eau, sous l'œil étonné de Mga. Apparemment, l'adolescent préhistorique n'a jamais vu un objet de cette sorte et ne sait pas du tout à quoi cela peut servir.

« C'est bizarre ! songe Joffrey. Il n'a jamais vu un bateau. Pourtant, son clan doit bien traverser une rivière ou un lac parfois. Qui a bien pu mettre cette embarcation ici ? »

Ses réflexions sont interrompues par des craquements de branches et des bruits de feuilles sèches.

– Hum ! Le chasseur ne lâche pas ! soupire Jenny.

– Si on embarque sur le radeau, on ira plus vite. Il ne pourra pas nous suivre sur la rivière. C'est notre seule chance de lui échapper pour de bon, rétorque Joffrey.

Du bout du pied, le garçon teste la solidité de l'embarcation. Les nerfs et les tendons qui lient les fins troncs d'arbres ensemble ne portent aucune trace d'usure. Le radeau a peu servi et même pas du tout, se dit-il.

– Les perches ne sont pas longues. Je pense que la rivière n'est pas très profonde, commente Jenny.

– Oui, nous allons pouvoir les manier sans difficulté. On doit essayer.

Joffrey tend aussitôt une perche à Mga et s'empare de l'autre. Pendant quelques secondes, il prend le temps de montrer à l'adolescent comment se servir des branches. Puis, les trois jeunes grimpent sur le radeau.

Après quelques manœuvres malhabiles, ils parviennent enfin à faire avancer leur embarcation. Le courant n'est pas vif. Ils doivent donc pousser très fort sur les perches, jusqu'à ce qu'enfin, ils prennent un peu de vitesse. Il était temps ! Au moment où ils s'éloignent de la rive, le chasseur, agité et furieux, arrive. Il brandit une sagaie dans les airs, en hurlant.

– Je ne crois pas qu'il nous souhaite bon voyage ! se moque Jenny.

Elle lui fait de grands signes d'au revoir de la main. Mais le chasseur est têtu. Les enfants le voient courir sur la rive, pendant que leur radeau avance lentement. Il continue de s'agiter dans tous les sens.

– Regarde ! s'écrie tout à coup la fillette.

Joffrey tourne la tête vers elle, en fronçant les sourcils. Il se demande ce qu'elle a vu.

– Là-bas… derrière les arbres. J'ai cru voir…

Elle s'interrompt en se mordillant les lèvres.

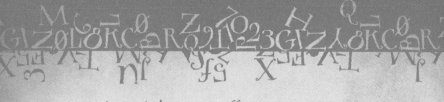

— Voir quoi ? la presse Joffrey.

— Une pancarte avec… une flèche ! laisse tomber Jenny en ajoutant très vite : ne me regarde pas comme ça, je sais que c'est impossible.

— C'est peut-être un indice laissé par Morgan ou par Fée Des Bêtises, rétorque Joffrey. Regarde bien entre les branches. Si tu aperçois autre chose, on se rapprochera de la rive pour mieux voir.

Autour d'eux, cependant, mille et un bruits suspects agitent la forêt. Ils croient reconnaître des grognements et des barrissements puissants.

— Je ne sais pas si c'est une bonne idée de descendre à terre ! soupire Jenny. Tu entends, c'est plein de grosses bêtes dans le coin. On ne sait pas sur quoi on peut tomber.

Appuyant avec fermeté sur les perches, Joffrey et Mga essaient de maintenir le radeau au milieu de la rivière, en évitant les rochers qui parsèment le **lit** du cours d'eau.

— Il va pourtant falloir qu'on mette pied à terre quelque part. Je ne sais pas jusqu'où file cette rivière, mais on ne peut pas s'en aller comme ça jusqu'au bout du monde, soupire le garçon.

Tout à coup, un grondement encore plus puissant monte vers eux. Mga réagit le premier. Il agite les bras en faisant des rouleaux devant lui.

– Mince ! Je crois qu'il veut dire qu'il y a une chute juste après le tournant ! s'exclame Jenny. On doit retourner sur la rive, tout de suite.

– Tu as raison. Le courant est plus fort ! confirme Joffrey. J'ai du mal à planter ma perche dans le fond de la rivière. Essayons d'atteindre la rive opposée, car nous ne devons pas tomber nez à nez avec le chasseur.

Les deux garçons conjuguent leurs efforts et parviennent à rapprocher le radeau d'un énorme rocher. Jenny prend son élan et saute sur la pierre. Pendant que Mga maintient seul l'embarcation en place, Joffrey s'élance et rejoint Jenny. Finalement, l'adolescent préhistorique quitte à son tour le radeau. Celui-ci s'écarte et file à toute vitesse en direction de la chute, qui gronde un peu plus loin.

– Ouf, on l'a échappé belle ! souffle Joffrey.

Heureusement, leur perchoir est situé près du rivage. Les trois jeunes se mouillent un peu les pieds, mais réussissent facilement à rejoindre la terre ferme. Ils ont eu bien raison de choisir la rive opposée à celle où ils avaient embarqué plus tôt, car le chasseur vient d'arriver. Ils ne l'aperçoivent pas. Lorsqu'ils s'enfoncent dans la forêt, aucun d'eux ne remarque que l'hominidé lève sa main dans leur direction, comme pour les appeler ou peut-être pour leur dire d'être prudents.

CHAPITRE 7

À la queue leu leu, les trois jeunes marchent pendant une bonne demi-heure. La forêt est moins dense de ce côté de la rivière. Ils avancent rapidement, sans trop se fatiguer. Tout à coup, un incroyable glouglou retentit.

Jenny et Mga se figent. Qu'est-ce que c'est, ce bruit bizarre ? Joffrey place sa main sur son ventre. Il est un peu gêné. Il voudrait bien empêcher son estomac de gargouiller, mais impossible.

Ses deux amis comprenant ce qui se passe éclatent de rire. Joffrey soupire et ouvre sa pochette. Il en sort une barre de céréales, qu'il sépare en trois portions. Les enfants l'avalent en deux coups de dent. Joffrey jette un nouveau coup d'œil dans son petit sac. Il n'y a que de la gomme à mâcher. Il en tend un morceau à chacun. Mga mâche un peu, et avale tout rond en faisant la grimace, ce qui fait rigoler ses deux compagnons.

– Maintenant qu'on est à l'écart et tranquilles, il faudrait peut-être utiliser le carnet magique pour appeler Fée Des Bêtises, suggère Jenny.

– Oui, mais lui, qu'est-ce qu'on lui dit ? Il va détaler si Fée apparaît sans crier gare ! réplique Joffrey en faisant un signe de tête pour désigner Mga.

– Il faut courir le risque. Mga n'est pas peureux. Puis, il connaît Fée. Il l'a vue au campement. C'est sûr qu'il sera surpris, mais pas forcément effrayé. Il doit être habitué aux tours de passe-passe de son père, le chaman.

– D'accord ! J'y vais ! se lance Joffrey.

Il ouvre son carnet à la page intitulée SANS EN AVOIR L'AIR*. Puis, il inspire longuement et lance d'une voix forte :

– Est-ce que le **crétacé** aurait pu voir la naissance d'un **cétacé**, sans en avoir l'air ?

Tout autour d'eux, rien ne bouge. Ils entendent des oiseaux gazouiller, des petits rongeurs courir, mais aucune trace de leur amie magicienne.

– Je ne comprends pas ! dit Jenny, la voix tremblante. Je ne veux pas passer le reste de ma vie ici, moi !

SANS EN AVOIR L'AIR :
sans la lettre « R » ; en enlevant le « R » du mot « crétacé » (période géologique), on obtient le mot « cétacé » (mammifère marin)

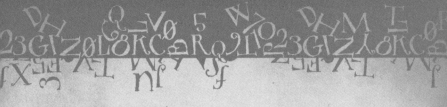

– Moi non plus !

– Essaie autre chose ! implore Jenny.

Joffrey feuillette de nouveau son carnet magique, puis lance :

– APPUYER s'écrit avec deux « P », car on s'appuie mieux sur deux pattes*.

Ils attendent encore, l'oreille et l'œil aux aguets, mais rien ne se passe.

– Notre seule chance de quitter ce monde préhistorique, c'est que Morgan et Fée soient retournés à notre époque, déclare Joffrey en replaçant son carnet dans sa pochette.

– Oui. Quand nos parents vont se rendre compte qu'on ne rentre pas à la maison, ils vont faire des recherches, murmure Jenny. Cependant, personne ne connaît l'emplacement de notre cabane.

– J'espère simplement que Morgan pourra les convaincre qu'on peut voyager dans des univers fantastiques grâce aux pouvoirs magiques de notre

phrase qui permet de se rappeler
qu'appuyer prend deux « P »

amie sans-abri. Ça, ce sera sûrement le plus difficile à leur faire avaler.

– Hé ! Où est Mga ? lance brusquement la petite fille en jetant des regards inquiets tout autour d'elle.

Les deux enfants se lèvent en vitesse et se dirigent entre les grands arbres. Et, c'est ainsi que, quelques minutes plus tard, ils sortent de la forêt. Ils aperçoivent l'adolescent préhistorique dans une grande clairière, entouré de plantes d'une taille gigantesque.

Un redoutable grondement retentit au moment où ils veulent le rejoindre.

– J'ai déjà entendu un cri comme ça ! laisse tomber Joffrey en pilant net. Dans un film… C'est un cri de… TYRANNOSAURE ! Sauve qui peut !

Les feuilles se mettent à remuer comme si elles étaient secouées par un vent de tempête. Des pas lourds martèlent le sol. Les trois jeunes détalent, sans se retourner.

– Qui a dit que les tyra… tyranno… saures ne vivaient pas au temps des hommes des cav… ernes ! souffle Joffrey, haletant. Va falloir que madame Lacie… Hanse revoit son… son cours.

– Ça ne se peut pas ! le coupe Jenny en s'arrêtant quelques secondes pour reprendre haleine. Les dinosaures et les hominidés n'ont jamais vécu au même moment. J'en suis sûre !

– Eh bien, retourne sur tes pas pour dire à ce tyrex qu'il s'est trompé d'époque… Moi, je file !

Au moment où il écarte de la main de larges feuilles pour se créer un passage dans la végétation, Joffrey se sent soudainement happé par un pan de sa veste en peau de lion des cavernes.

– Hé, qu'est-ce que c'est, ça ?

Une longue feuille munie de fines petites soies vient de s'entrouvrir pour tenter d'engloutir son vêtement.

– Une plante carnivore ! s'étonne Jenny.

– Ah non ! La plante qui va m'avaler n'a pas encore été semée ! se rebelle Joffrey en tirant sur sa veste.

Il s'écarte, mais se rend vite compte qu'il est cerné par des plantes carnivores qui ouvrent goulûment leurs feuilles pour tenter de happer quelques insectes qui voltigent aux alentours. Elles ne font aucune différence entre un moucheron et eux, s'emparant aussi bien de leur tunique que des perles en os qui pendent.

Joffrey les observe quelques secondes, puis, avec un sourire moqueur, retire sa gomme à mâcher de sa bouche et la lance sur une feuille, qui se recroqueville aussitôt sur sa prise. Au grand étonnement des enfants, la plante se met à mastiquer frénétiquement.

— Hé, je crois qu'elle aime ça ! s'amuse Joffrey.

— Connais-tu la seule plante qui ne s'écrase pas lorsqu'on lui marche dessus ? rigole Jenny en regardant la plante qui n'en finit plus de mâcher.

Son ami hausse les épaules, car il n'en a aucune idée.

— La plante des pieds ! s'écrie joyeusement la fillette.

— À propos de pieds, on devrait les activer ! lance le garçon tandis que le grondement du tyrannosaure retentit de nouveau.

— Où est Mga ? s'inquiète tout à coup Jenny.

— J'espère qu'il ne lui est rien arrivé de grave, mais on ne peut pas l'attendre ! la presse Joffrey tandis que des bruits de plus en plus forts de feuilles déchiquetées leur parviennent.

Il attrape son amie par la main, et tous les deux courent entre les hautes et larges plantes qui leur dissimulent l'horizon. Dans cet endroit, les cris d'animaux leur paraissent plus puissants, plus effrayants.

– C'est étrange, bafouille Jenny, essoufflée. J'ai l'impression qu'on a changé d'époque.

– On aurait fait ça de quelle façon ? s'étonne Joffrey. Fée Des Bêtises n'y est pour rien, en tout cas.

– Stop ! hurle soudain Jenny.

Joffrey pile net et la dévisage. D'un doigt tremblant, la fillette désigne un rocher au sommet duquel se dresse un étrange oiseau aux longues ailes, qui est de la taille d'un pélican. Le volatile possède de très longues pattes, recouvertes comme tout son corps de plumes verdâtres, à la manière d'un pantalon. Sa tête ressemblant à celle d'une autruche est tournée vers eux. Dans son bec, les deux aventuriers voient distinctement deux bonnes rangées de dents acérées.

Jenny avale lentement sa salive, comme si ce simple petit geste pouvait provoquer la bestiole qui les fixe de ses petits yeux perçants.

– As-tu vu sa queue ? murmure Joffrey.

– On dirait la traîne d'une robe de mariée!

– J'espère qu'il va se prendre les pattes dedans si l'idée lui vient de décoller de son perchoir.

– On devrait s'éclipser discrètement. Pour le moment, il n'est pas menaçant. Il doit évaluer si on est bons à manger.

Faisant marche arrière sans quitter l'oiseau des yeux, les deux enfants reculent parmi les hautes feuilles, qui, bientôt, les cachent totalement.

–Féééééeee, où es-tu? se lamentent-ils en chœur, sans s'être consultés.

– Chuuut! fait brusquement Joffrey. Écoute!

– Qu'est-ce que c'est? dit Jenny, en tendant l'oreille.

Des chants joyeux portés par le vent leur parviennent de manière étouffée. Figés, ils restent à l'écoute pendant une longue minute. Puis, une voix qu'ils connaissent tous les deux perce les airs. Quelqu'un chante à tue-tête le refrain d'une chanson qu'ils ont apprise quand ils avaient à peu près quatre ans. Un tam-tam bat la mesure et accompagne le chanteur.

– Morgan! crient en chœur Joffrey et Jenny.

Ils s'élancent entre les larges plantes en prenant soin cependant de faire un large crochet, histoire de

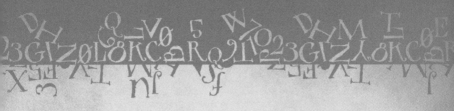

ne pas se retrouver sur le chemin du grand oiseau préhistorique aperçu plus tôt.

Une trouée dans la végétation leur permet enfin de faire irruption dans le village du clan des « G ». Ce qu'ils entendent et découvrent les laisse sans voix.

– Notre professeur de sciences, madame Lacie Hanse, nous a donné un MOYEN MNÉMO-TECHNIQUE* infaillible pour que l'on se souvienne des trois grandes familles de cétacés, explique Morgan. Il suffit de se dire cette phrase : « C'est assez, dit la baleine, je me cache à l'eau, car j'ai le dos fin. »

Autour de lui sont réunis une dizaine d'hommes, de femmes et d'enfants préhistoriques. À première vue, ils sont en train de prendre un repas en commun. Mais, le plus surprenant, c'est qu'ils ont l'air de discuter comme des amis de longue date, ce qui n'est absolument pas possible !

MOYEN MNÉMOTECHNIQUE : c'est assez (cétacé), dit la baleine, je me cache à l'eau (cachalot), car j'ai le dos fin (dauphin) ; phrase qui permet de se rappeler que baleine, cachalot et dauphin sont les trois grandes familles de cétacés

C'est ce moment que choisit le ventre de Joffrey pour se remettre à gargouiller. Mais, cette fois, le garçon a un autre sujet de préoccupation que son estomac vide.

Jenny, interloquée, s'avance vers le centre du village. Elle est encore plus abasourdie de découvrir, disposés sur une nappe à carreaux rouge et blanc, des sandwichs, des fruits, du fromage, des jus de fruits, des assiettes et des verres de carton.

– Je rêve ! C'est la peur qui me donne des hallucinations, murmure Joffrey. Qu'est-ce qui se passe ?

Morgan lève les yeux et aperçoit ses deux copains. Il saute sur ses pieds et se précipite vers eux.

– Venez, venez ! leur dit-il joyeusement. Je vais vous présenter à mes nouveaux amis.

Les deux enfants s'avancent sans comprendre la scène qui se déroule sous leurs yeux. La douzaine de personnes présentes rient, discutent, blaguent, tout cela en bon français. Finies les onomatopées bizarres et les grognements d'hominidés.

– Joffrey, Jenny, je vous présente mes amis !

Tour à tour, Morgan désigne les personnes autour de lui en les nommant par des prénoms qui n'ont rien de préhistorique : Olivier, Amélie, Émile, Sébastien, Sophie, Annabelle et tant d'autres. Tous ces noms se mélangent dans l'esprit des deux jeunes aventuriers, qui n'y comprennent toujours rien.

— Fée Des Bêtises, où est-elle ? demande finalement Jenny.

— Ah, je croyais qu'elle était avec vous ! Ce n'est pas grave ! poursuit Morgan.

— Comment ça… pas grave ?! lance Jenny, abasourdie.

Le garçon pioche dans le tas de sandwichs, en offre à Joffrey et à Jenny, qui les saisissent de façon mécanique. Ils sont toujours incapables de comprendre ce qui se passe vraiment.

À cet instant, Mga et Mpa arrivent à leur tour dans le village. Ils se dirigent vers le lieu du pique-nique, déposent leurs lances sur le sol et se servent dans les plats en riant et en parlant.

— Vous… vous parlez ! dit Joffrey, la mâchoire pendante.

— Vous nous prenez pour des idiots, rigole Mpa. Bien sûr que nous parlons ! Allez, ne restez pas plantés là comme deux poteaux, venez manger. Nous allons tout vous expliquer. Vous allez bien rire.

– J'en doute ! Je ne la trouve déjà pas très drôle, votre farce ! bougonne Joffrey en faisant les gros yeux à son ami Morgan.

Ce dernier hausse les épaules.

CHAPITRE 8

Les trois aventuriers sont assis en tailleur autour de la nappe à carreaux. Mpa, qui, en réalité, s'appelle Mathieu, entreprend de leur dévoiler le fin mot de l'histoire.

– Tous les hommes préhistoriques que vous voyez ici sont des comédiens et des animateurs. Nous avons été engagés pour divertir les touristes qui viendront bientôt visiter ce nouveau parc d'attractions thématique sur le monde préhistorique.

– Quoi ?! Un parc d'attractions !

Joffrey tourne sur lui-même comme une girouette. Il n'arrive pas à croire qu'il est dans un parc d'attractions.

— Pourquoi nous avoir fait croire que vous étiez de vrais Cro-Magnon ? demande aussitôt Jenny, tout aussi étonnée par la nouvelle.

Puis, en même temps, elle est soulagée de ne pas avoir été propulsée dans le passé, dans un monde rempli de dangers. Heureuse aussi de voir qu'ils ne se sont jamais retrouvés seuls à la merci d'animaux féroces. Mais, quand même, un parc d'attractions, ça, elle ne s'y attendait pas.

— Vous êtes nos premiers visiteurs. Nous avons décidé de vérifier si nous jouions bien nos rôles, si nous étions crédibles, reprend Mathieu. Tous les comédiens, enfants ou adultes, doivent être parfaits pour le jour de l'ouverture. Vous nous avez fourni l'occasion de faire une dernière répétition générale avant que le grand public soit admis dans le parc dans quelques jours.

Mathieu termine tout juste sa phrase lorsqu'un grand bruit retentit, bientôt suivi d'un grondement féroce. Les trois aventuriers pivotent en direction de ce son, qui leur donne froid dans le dos. Un lion des cavernes s'avance vers eux d'une démarche incertaine.

Joffrey, Morgan et Jenny bondissent sur leurs pieds. Ils n'ont qu'une idée : se réfugier dans l'une des huttes.

— N'ayez pas peur ! leur lance Mathieu en riant aux éclats.

Puis, comme s'il n'avait affaire qu'à un mignon petit chat, Mathieu se dirige droit vers le lion. L'animal s'arrête à une vingtaine de pas de lui, rassemble ses pattes, prêt à bondir sur sa proie. Mais Mathieu n'est guère impressionné. Au contraire, il avance encore jusqu'à toucher la bête de la main. Il lui tapote même doucement le sommet du crâne.

— Ces animaux ne sont pas réels, dit-il enfin. Ce sont des répliques automatisées, plus vraies que nature, mais pas du tout dangereuses. Des sortes d'automates, si vous préférez.

Pendant quelques secondes, le trio reste sceptique, puis un grand soupir de soulagement sort de la poitrine des trois amis. Ils sont hésitants, mais, finalement, s'approchent lentement de la bête. Celle-ci laisse échapper un feulement qui fait bondir les jeunes en arrière, sous les rires de la douzaine de comédiens.

Morgan s'avance et pose la main sur le pelage du faux animal. La fourrure est soyeuse, mais synthétique.

— Une belle imitation !

— Et le tyrannosaure ? demande la fillette.

– Le tyrannosaure aussi est faux ! répond Mathieu. Tout comme le grand oiseau que vous avez vu avant d'arriver ici. C'est la reproduction d'un **archéoptéryx**. Le parc est divisé en plusieurs zones. Celle où je joue le rôle du chaman présente la vie des nomades, avec leur campement, leur mode de subsistance. La deuxième section propose aux visiteurs de découvrir la vie des Cro-Magnon à l'intérieur d'un village, avec ses différentes activités, comme vous avez pu le constater : l'élevage, le tissage, la poterie. Une autre partie du parc est entièrement consacrée aux dinosaures…

– Les dinosaures et les êtres humains ne vivaient pas à la même époque, intervient Jenny tandis que Joffrey la dévisage avec un petit air ironique. En tout cas, c'est ce que dit madame Lacie Hanse.

– Et votre enseignante a bien raison. Mais comme ce parc a pour mission de présenter les différentes époques de la préhistoire, il y a une section qui est consacrée au monde des dinosaures, continue Mathieu.

– Et Fée Des Bêtises… elle était au courant ? demande Joffrey en fronçant les sourcils.

– Hum ! hésite Mathieu en se raclant le fond de la gorge.

– Quand on parle du loup…, fait Morgan en désignant leur amie sans-abri.

Celle-ci se dirige vers eux en poussant un chariot d'épicerie brinquebalant.

– Ah, vous êtes là ! s'exclame-t-elle. J'espère que tout s'est bien passé. J'avais des courses à faire…

Elle désigne son chariot de la main avec lequel elle transporte de vieux vêtements et d'autres objets trouvés au hasard de ses promenades dans le quartier.

– Ne nous fais plus jamais ça ! gronde Morgan.

– Nous t'avons appelée et appelée mille fois ! Pourquoi ne répondais-tu pas ? marmonne Joffrey.

– Mais, voyons, il ne pouvait rien vous arriver de grave. Je vous ai laissés sous la supervision de l'équipe d'animation.

– Nous étions morts d'inquiétude pour toi. Et pour Morgan, quand il a disparu à son tour ! bafouille Jenny, saisie par l'émotion.

Fée Des Bêtises regarde le bout de ses vieilles chaussures. Elle n'en mène pas large. Mais, tout à coup, elle relève la tête, affiche un grand sourire et lâche :

– Poisson d'avril !

– Quoi ?! s'étouffent en chœur les trois amis.

– Aujourd'hui, c'est le premier avril. Je vous ai simplement joué un petit tour. Vous ne pensiez pas sérieusement que j'allais vous emmener dans la préhistoire et vous y laisser seuls. Jamais de la vie !

Fée Des Bêtises ne peut se retenir de rire. Elle est secouée de tremblements tellement elle rigole.

– Vous devriez voir votre tête ! Trop marrant !

Puis, comme ni Jenny, ni Joffrey, ni Morgan ne semblent disposés à lui pardonner cette blague, elle explique :

– Je connais Mathieu depuis longtemps. Il allait à la même école que vous il y a quelques années. Parfois, il m'apporte des couvertures et de la nourriture au terrain vague, derrière l'école. Il a bien voulu entrer dans le jeu pour m'aider à monter ce tour. Ne m'en voulez pas ! Vous m'avez demandé de vivre comme au temps des hommes préhistoriques, et j'ai pensé que vous aimeriez connaître ce parc incroyable.

Jenny fronce fort les sourcils, comme si elle cherchait à retrouver une information bien cachée au fond de sa mémoire.

– Les flèches !… Quand on était en radeau sur la rivière, j'ai cru voir un panneau indicateur avec des flèches ! Je ne m'étais donc pas trompée.

– Tu as bien vu. Ces flèches parsèment le parc. Elles indiquent les différentes sections et la chronologie : l'aire de l'homme de Néandertal, l'aire de Cro-Magnon et l'aire des dinosaures…

Morgan, Joffrey et Jenny se regardent, puis, enfin, éclatent de rire à leur tour. Fée Des Bêtises les a bien eus !

– Allez ! Il est l'heure de rentrer chez vous, les jeunes ! intervient Mathieu en claquant dans ses mains.

Soudain, il extirpe un carnet de sous sa veste de peau de loup.

– Ceci t'appartient, jeune fille !

Il tend le carnet magique à Jenny, celui qu'elle croyait carbonisé par les flammes.

– Ha! ha! ha! Ce n'est qu'un morceau de papier que j'ai jeté dans le feu. Jamais je n'aurais détruit ton carnet; tu sembles tellement y tenir, commente Mathieu.

Puis, il tend trois petits cartons aux enfants.

– Voici une invitation pour le jour de l'ouverture du parc. J'espère que vous reviendrez nous voir. Nous serons tous très heureux de vous accueillir de nouveau. Et dites à votre professeur de venir aussi. Elle va adorer… Au fait, je ne vous l'ai pas encore dit, mais Lacie Hanse, c'est ma mère, et c'est elle qui a servi de conseillère pour monter les différentes animations de ce parc.

– fIN –

LEXIQUE

CHAPITRE 1

ANDOUILLER (UN): bois des cervidés, on dit aussi « cor ».

BRAME (UN): cri du cerf, on dit aussi « bramement ».

BRINQUEBALANT (ADJ.): Qui va d'un côté et d'autre, qui branle, qui s'entrechoque.

MÉGACÉROS (UN): plus grand de tous les cerfs ayant existé, le mâle pouvait atteindre la taille de 2,10 m, ses bois, 3,50 m, et il pouvait peser jusqu'à 700 kg.

PAGNE (UN): morceau d'étoffe noué autour de la taille qui dissimule le corps jusqu'aux genoux.

PALÉOLITHIQUE (LE): période de la préhistoire pendant laquelle apparaît la première civilisation d'humains avec des outils de pierre taillée.

SMILODON (UN): tigre à dents de sabre.

VÉLOCIPÈDE (UN): ancêtre de la bicyclette, ayant parfois une roue plus grande à l'avant.

CHAPITRE 2

ANTHROPOPHAGE (UN) : qui mange de la chair humaine, synonyme de « cannibale ».

CHAMAN (UN) : sorcier et médecin dans certaines civilisations.

ESTRAGON (UN) : plante comestible utilisée en cuisine.

GRIGRI (UN) : petit objet magique, amulette, porte-bonheur ou malheur.

HOMINIDÉ (UN) : famille de primates qui comprend les grands singes et les êtres humains.

HOMO SAPIENS (UN) : homme sage, espèce de l'ordre des primates, de la famille des hominidés, l'être humain.

IBEX (UN) : mammifère sauvage ressemblant à un bouquetin, à une chèvre des montagnes.

LAGOPÈDE (UN) : oiseau de taille moyenne dont les pattes sont couvertes de plumes, synonyme de « gélinotte ».

MALAPPRIS (UN) : personne grossière, synonyme de « malotrus ».

ONOMATOPÉE (UNE) : son émis pour simuler un bruit d'un animal ou d'un objet.

SAGAIE (UNE) : lance, javelot des tribus primitives.

CHAPITRE 3

GRAMINÉE (UNE) : famille de plantes dont font partie l'avoine, le blé, l'orge et le riz.

OUTRE (UNE) : peau d'animal cousue en forme de sac pour transporter des liquides ou conserver les aliments.

POINÇON (UN) : instrument métallique pointu qui sert à percer les matières dures.

PROPULSEUR (UN) : baguette de bois attachée à une lance pour augmenter la force et la précision d'un lancer.

CHAPITRE 4

BRANDON (UN) : bois enflammé pouvant servir de torche.

RUPESTRE (ADJ.) : œuvre d'art exécutée sur la paroi d'un rocher ou taillée dans le roc.

CHAPITRE 5

ESCOGRIFFE (UN) : *personne de grande taille et d'une allure déséquilibrée.*

REPTATION (UNE) : *façon de se déplacer en rampant, comme les serpents.*

CHAPITRE 6

HUMUS (UN) : *matière végétale décomposée.*

LIT (UN) : *creux naturel du sol dans lequel coulent les eaux d'une rivière.*

CHAPITRE 7

CÉTACÉ (UN) : *mammifère aquatique, tel que baleine, cachalot, dauphin, béluga, orque, narval, etc. ; il en existe environ 80 espèces, divisées en trois familles.*

CRÉTACÉ (LE) : *période géologique qui s'étend d'environ 145 millions d'années à 65 millions d'années, elle se termine par la disparition des dinosaures.*

CHAPITRE 8

ARCHÉOPTÉRYX (UN) : *oiseau de la préhistoire présentant certaines caractéristiques des reptiles : dents, longue queue.*

Mots cachés

```
E T C B I S O N S E E N I M A R G P C L A N C E H
N I L O Q T N E M E P M A C U I M N I E F X E U E
G G C R E T A C E E N A I L E D P E E E E S M X C
A R B C H A S S E U R O H I E E E E G B R U T Y A
P E I H T U O M M A M S N O R R L C I A S R E R M
S A N O M A D E E T T O R G M G I I E N C J E E I
O U E R O V I N R A C O R T A I I O S T T E E T R
U E N A S N E I P A S O M O H M N R T S A U R P G
B R O D N P R O P U L S E U R T O I G S O C R O O
S T N E M E N G O R G E I A G A S R D U I F E E S
R U A A D I N O S A U R E S P U O L C E E H S H T
R O E U O I P O I N C O N S A E T T U H S M E C I
S M R O P A L E O L I T H I Q U E N R E V A C R R
A N T H R O P O P H A G E G L A G O P E D E A A P
N J N O F E R T S E P U R F R N O D O L I M S E Y
C H A M A N O D N A R B A R C H E O L O G U E F E
T X E L I S E M P R E I N T E J E N N P I E G E Y
```

ANTHROPOPHAGE	FOSSILE	MÉGACÉROS
ANTRE	GRAMINÉES	NOMADE
ARCHÉOLOGUE	GRIGRI	OUTRE
ARCHÉOPTÉRYX	GRIMACE	PAGNE
BISON	GROGNEMENTS	PALÉOLITHIQUE
BRANDON	GROTTE	PEINTURE
CAMPEMENT	HOMINIDÉS	PIÈGE
CARNIVORE	HOMO SAPIENS	PIERRE
CAVERNE	HUMUS	POINÇON
CÉTACÉ	HUTTE	PRÉHISTOIRE
CHAMAN	IBEX	PROPULSEUR
CHASSEUR	LAGOPÈDE	RADEAU
CLAN	LANCE	RUPESTRE
CRÉTACÉ	LIANE	SAGAIE
CRO-MAGNON	LIN	SILEX
DINOSAURE	LION	SMILODON
EMPREINTE	LOUP	TIGRE
FEU	MAMMOUTH	TROC

E	T	C	B	I	S	O	N	S	E	E	N	I	M	A	R	G	P	C	L	A	N	C	E	H
N	I	L	O	Q	T	N	E	M	E	P	M	A	C	U	I	M	N	I	E	F	X	E	U	E
G	G	C	R	E	T	A	C	E	E	N	A	I	L	E	D	P	E	E	E	S	M	X	C
A	R	B	C	H	A	S	S	E	U	R	O	H	I	E	E	E	G	B	R	U	T	Y	A
P	E	I	H	T	U	O	M	M	A	M	S	N	O	R	R	L	C	A	S	R	E	R	M
S	A	N	O	M	A	D	E	E	T	T	O	R	G	M	G	I	I	E	N	C	J	E	E	I
O	U	E	R	O	V	I	N	R	A	C	O	R	T	A	I	I	O	S	T	T	E	E	T	R
U	E	N	A	S	N	E	I	P	A	S	O	M	O	H	M	N	R	T	S	A	U	R	P	G
B	R	O	D	N	P	R	O	P	U	L	S	E	U	R	T	O	I	G	S	O	C	R	O	O
S	T	N	E	M	E	N	G	O	R	G	E	I	A	G	A	S	R	D	U	I	F	E	E	S
R	U	A	A	D	I	N	O	S	A	U	R	E	S	P	U	O	L	C	E	E	H	S	H	T
R	O	E	U	O	I	P	O	I	N	C	O	N	S	A	E	T	T	U	H	S	M	E	C	I
S	M	R	O	P	A	L	E	O	L	I	T	H	I	Q	U	E	N	R	E	V	A	C	R	R
A	N	T	H	R	O	P	O	P	H	A	G	E	G	L	A	G	O	P	E	D	E	A	A	P
N	J	N	O	F	E	R	T	S	E	P	U	R	F	R	N	O	D	O	L	I	M	S	E	Y
C	H	A	M	A	N	O	D	N	A	R	B	A	R	C	H	E	O	L	O	G	U	E	F	E
T	X	E	L	I	S	E	M	P	R	E	I	N	T	E	J	E	N	N	P	I	E	G	E	Y

Réponse : Coquine, Fée Des Bêtises a joué un bon tour à ses trois amis :
Morgan, Joffrey et Jenny.

Réponse

MOTS MÊLÉS
À remettre dans l'ordre

AGRNEIÉSM   _ _ _ _ _ _ _ _ _

AINLE   _ _ _ _ _

CENREVA   _ _ _ _ _ _ _

CLAEN   _ _ _ _ _

ÇNPONOI   _ _ _ _ _ _ _

CRÉÉAGSMO   _ _ _ _ _ _ _ _ _

ÉAÉCCT   _ _ _ _ _ _

EAGICMR   _ _ _ _ _ _ _

EBXI   _ _ _ _

EDONAM   _ _ _ _ _ _

ÉÉCCATR   _ _ _ _ _ _ _

EÈIGP   _ _ _ _ _

EFU   _ _ _

EPOLHTILIUÉAQ _ _ _ _ _ _ _ _ _ _ _ _ _ _

ERTGI _ _ _ _ _

ESPOU _ _ _ _ _

ETROGT _ _ _ _ _ _

ETTUH _ _ _ _ _

GALÈEOPD _ _ _ _ _ _ _ _

GPNAE _ _ _ _ _

GSEAIA _ _ _ _ _ _

GSEEGOMNTNR _ _ _ _ _ _ _ _ _ _ _

HNCAMA _ _ _ _ _ _

IRRSIPÉHEOT _ _ _ _ _ _ _ _ _ _ _

ISMÉNHOID _ _ _ _ _ _ _ _ _

LHGUCEÉROOA _ _ _ _ _ _ _ _ _ _ _

LNCA _ _ _ _

LNI _ _ _

MNEACEMPT _ _ _ _ _ _ _ _ _

MTENEEIRP _ _ _ _ _ _ _ _ _

NIOBS _ _ _ _ _ _

NLIO _ _ _ _

NNDRABO _ _ _ _ _ _ _

NOORNGMAC _ _ _ - _ _ _ _ _ _

NOSDMOIL _ _ _ _ _ _ _ _

OCRT _ _ _ _

OSHAPNSIOEM _ _ _ _ _ _ _ _ _ _

OUPL _ _ _ _

OURET _ _ _ _ _

PIERER _ _ _ _ _ _

RASNDOUIE _ _ _ _ _ _ _ _

RGIRGI _ _ _ _ _ _

ROLUERSPUP _ _ _ _ _ _ _ _ _ _

RTNAE _ _ _ _ _

SFOLIES _ _ _ _ _ _ _

SRUO _ _ _ _

SSEUARHC _ _ _ _ _ _ _ _

TMUMMAHO   _ _ _ _ _ _ _ _

TNREUPEI   _ _ _ _ _ _ _ _

TNSDE   _ _ _ _ _

UAARED   _ _ _ _ _ _

UERPTSRE   _ _ _ _ _ _ _ _

UUMHS   _ _ _ _ _

VNAIEORCR   _ _ _ _ _ _ _ _ _

AGRNEIÉSM	GRAMINÉES
AINLE	LIANE
CENREVA	CAVERNE
CLAEN	LANCE
ÇNPONOI	POINÇON
CRÉÉAGSMO	MÉGACÉROS
ÉAÉCCT	CÉTACÉ
EAGICMR	GRIMACE
EBXI	IBEX
EDONAM	NOMADE
ÉÉCCATR	CRÉTACÉ
EÈIGP	PIÈGE
EFU	FEU
EPOLHTILIUÉAQ	PALÉOLITHIQUE
ERTGI	TIGRE
ESPOU	SOUPE
ETROGT	GROTTE
ETTUH	HUTTE
GALÈEOPD	LAGOPÈDE
GPNAE	PAGNE
GSEAIA	SAGAIE
GSEEGOMNTNR	GROGNEMENTS
HNCAMA	CHAMAN
IRRSIPÉHEOT	PRÉHISTOIRE
ISMÉNHOID	HOMINIDÉS
LHGUCEÉROOA	ARCHÉLOLOGUE
LNCA	CLAN
LNI	LIN
MNEACEMPT	CAMPEMENT
MTENEEIRP	EMPREINTE
NIOBS	BISON

Réponses

VNAIEORCR	CARNIVORE
UUMHS	HUMUS
UERPTSRE	RUPESTRE
UAARED	RADEAU
TNSDE	DENTS
TNREUPEI	PEINTURE
TMUMAHO	MAMMOUTH
SSEUARHC	CHASSEUR
SRUO	OURS
SFOLIES	FOSSILE
RTNAE	ANTRE
ROLUERSPUP	PROPULSEUR
RGIRGI	GRIGRI
RASNDOUIE	DINOSAURE
PIERER	PIERRE
OURET	OUTRE
OUPL	LOUP
OSHAPNSIOEM	HOMO SAPIENS
OCRT	TROC
NOSDMOIL	SMILODON
NOORNGMAC	CRO-MAGNON
NNDRABO	BRANDON
NLIO	LION

Note tes pluriels rigolos
et tes jeux de mots

_____

_____

_____

_____

_____

_____

_____

_____

_____

_____

_____

_____

_____

_____

_____

_____

_____

_____

_____

_____

_____

_____

_____

ranscontinental
IMPRESSION
IMPRIMERIE GAGNÉ

2011